Erwin Grosche · Der falsche Priester

Eine unheimliche Mordserie erschüttert Paderborn. Maikötter, Privatdetektiv, der sich bei seinen Ermittlungen gerne als Priester tarnt, hat andere Sorgen. Er muss einen untreuen Ehemann beschatten. Dass er nebenbei auch noch die Morde aufklärt und so in Paderborn wieder die übliche Ruhe einkehrt, versteht sich für den falschen Priester natürlich ganz von selbst.

„Die Wirklichkeit sollte sich Erwin Grosche aus Paderborn angucken: Sie hat was aufzuholen."

Titanic

Erwin Grosche wurde 1955 geboren und lebt heute als Kabarettist, Schauspieler und Autor in Paderborn. Er erhielt u.a. 1999 den „Deutschen Kleinkunstpreis" und im Jahr 2007 den ersten „Nieheimer Schuhu", den Literaturpreis der Peter-Hille-Gesellschaft. „Der falsche Priester" ist der erste Fall von Maikötter. (Weitere Informationen zum Autor unter: www.erwingrosche.de)

Erwin Grosche

Der falsche Priester

Maikötters erster Fall

PENDRAGON

Der Roman spielt Anfang des Jahres 2007
in Paderborn und Umgebung.
Er ist der wunderschönen Charlotte gewidmet.

Personen:

Friedrich „Priester“ Maikötter	Privatdetektiv
Gregor Deckel	Auszubildender
Hauptkommissar Gökke	Staatsdiener
Susan Millwork	Studentin
Paolo Sanchez Nochwas	Fliesenleger
Peter Block	Bestatter
Edeltraud Block	Ehefrau
Henry Glower	Hotelbetreiber
Bernard Schumacher	Fitnessstudio-Besitzer
Leo Lenking	Bistrobetreiber
Ewald Benson	Kuchenfundamentalist
Bautz	ein Hund

u. v. a.

Alle Personen sind frei erfunden. Ähnlichkeiten mit lebenden oder verstorbenen Personen sind rein zufällig und nicht beabsichtigt.

1. Kapitel

„Hör zu Deckel“, sagte Maikötter, „auch wenn du der Sohn meiner Schwester bist, bohrst du nicht in der Nase.“

Der junge Mann schaute auf seinen Zeigefinger und ließ ihn langsam aus dem Sichtfeld seines Onkels verschwinden. Er sah schlecht gelaunt aus dem Autofenster des schwarzen Mercedes und rollte dabei gelangweilt zwischen Daumen und Zeigefinger eine Kugel. Er formte sie so lange, bis sie von selbst ins Auto seines Onkels plumpste. Während Maikötter auf dem Beifahrersitz saß, flegelte sich Deckel hinter dem Fahrersitz auf der Rückbank herum.

„Ein Detektiv sollte immer so aussehen, als wäre er selbst der Beobachtete“, hatte Maikötter gesagt. „Man soll denken, wir sitzen in einem Auto und warten auf den Fahrer. Ich sitze auf dem Nebensitz und du sitzt hinten. Eine ganz normale Situation an einem ganz normalen Tag: Wir warten. Verstehst du?“

Deckel nickte. Er war mit dem Bus gekommen. Er hatte seinen Onkel über Handy erreicht und so dessen genauen Standort erfahren. Deckel hatte seinen Wecker nicht gehört und seine Mutter weigerte sich seit Wochen ihn zu wecken. Er sollte endlich erwachsen werden und lernen, auf eigenen Füßen zu stehen. Deckel hatte sich ursprünglich in Maikötters Wohnung einfinden sollen, aber das hatte er nicht mehr geschafft. Maikötter hatte eine kleine Zweizimmerwohnung mit Küche und Bad in einem weißen

Hochhaus am Dahler Weg. Obwohl sein Onkel dort schon seit zehn Jahren wohnte, hatte Deckel ihn nicht ein einziges Mal besucht. Aber wer besucht schon seinen Onkel, nur weil er zufällig in der gleichen Stadt wohnt wie man selbst?

Kein guter Anfang, gleich am ersten Tag zu verschlafen, dachte Deckel. Er hatte an das Seitenfenster des schwarzen Mercedes geklopft und sein Onkel hatte mit dem rechten Daumen nach hinten auf die Rückbank gezeigt, wo er dann Platz genommen hatte. Dann hatten sie erstmal zwei Stunden lang nichts gesagt und Deckel kam sich vor wie eine Fliege, um die eine Spinne ganz langsam ein Netz zog. Er trug einen weißen Anzug mit schwarzem Hemd und rotem Schlips. Wer trägt schon an einem ganz normalen Wochentag einen weißen Anzug mit schwarzem Hemd und rotem Schlips? Man sah, dass er diesen Anzug nicht freiwillig angezogen hatte, sondern seine Mutter ihn herausgelegt hatte, damit er an seinem ersten Arbeitstag einen guten Eindruck hinterlassen würde. Deckel war unrasiert, aber nicht, weil er verschlafen hatte, sondern weil er sein feines kleines Gesicht dahinter verbergen wollte. Er sah aus wie ein Schulabgänger, obwohl er schon 22 Jahre alt war. Er hatte schwarzes dichtes Haar und ähnelte einem Dachs.

„Das nächste Mal, wenn du verschläfst", sagte Maikötter, „kannst du gleich zu Hause bleiben."

Deckel hatte gehofft, dass man als Detektiv hauptsächlich Kaffee trinken würde und eine Zeitung las, in der zwei Löcher waren, um beim Lesen auch noch die Umgebung beobachten zu können. Der erste Tag mit seinem Onkel machte ihm gleich einen Strich durch die Rechnung. Sie saßen zwar auch nur im Auto herum und taten nichts, aber dies in einer sonderbaren Anspannung und ohne sich zu amüsieren. Einmal machte sein Onkel das Autoradio an und sie hörten Nachrichten und den Wetterbericht. Es würde weiter regnen und sollte auch wieder kalt werden.

Zum Glück wird am Freitag auf Radio Hochstift keine Messe übertragen, dachte Deckel und lächelte seinen Onkel an.

Sein Onkel war als Priester verkleidet. „Nichts fällt weniger auf als ein Priester", hatte er gesagt, „gerade in dieser Stadt."

Maikötters Spitzname war „Priester", und die Paderborner Unter- und Oberwelt kannte ihn unter diesem Namen. „Der Priester kommt, die Hölle naht", eilte ihm sein Ruf voraus. Das Praktische an dem Priesteroutfit war, dass Maikötter sich in Minuten durch das Anlegen eines Kollarkragens in einen Geistlichen verwandeln konnte. Ansonsten war er ein Mann mit einem tiefschwarzen Anzug, der passend zum Regenwetter ein graues Hemd trug.

„Wen beschatten wir?", fragte Deckel seinen Onkel.

„Wo das Aas ist, da versammeln sich die Geier, Matthäus 24, 28", sagte Maikötter und schaute in den Regen.

„So wie du das sagst, klingt das nach Gotteslästerung, Onkel", murmelte Deckel.

„Solang man sich nicht dabei bekreuzigt", sagte Maikötter, „zitiert man nur aus der Bibel."

Deckel nickte. Da sein Onkel selten eine Miene verzog, wusste man nie, was man von seinen Geschichten halten sollte. Ein Ostwestfale lässt sich nur ungern in die Karten schauen, und schon gar nicht, wenn er keinen Trumpf in der Hinterhand hat.

Maikötter wischte die beschlagene Frontscheibe frei. Er schaute auf das Fitnessstudio neben dem Lackdoktor und machte sich Notizen.

„Klick-Klack-Klackdoktor", murmelte Maikötter leise vor sich hin und knackte sich seine Finger aus.

Seit einer Woche beobachtete er den Fitnessschuppen und kannte jeden Pokal hinter jedem Fenster. Er wusste, wer wann kam und glaubte, bei einigen Besuchern sogar das Anwachsen ihrer Muskelpartien beschreiben zu können, besonders, wenn es sich um Frauen handelte. Maikötter war ein guter Beobachter und hatte niemanden, der auf ihn wartete und ihn daran hinderte, in seinem Beruf das Beste zu geben. Er war nicht einsam, er war nur allein und beneidete jeden darum, nicht mit ihm zusammenleben zu müssen. Er war so eigen, dass er niemanden brauchte, um seine Marotten hegen und pflegen zu können.

Deckel gähnte. Ihr Auto stand direkt vor dem Autohaus Kasselmann und Deckel blickte sehnsüchtig auf das gegenüberliegende Bistro unter dem Fitnessstudio. „Westfälisches Bistro: Heute Eröffnung" stand auf dem Schild über dem Eingangsbereich. „Ostwestfälische Spezialitäten mit Pumpernickel".

„Heute werden in allen sechs Paderborner ‚Topp-Fitt-Fitness 4 every body'-Zentralen westfälische Bistros eröffnet", sagte Maikötter und Deckel nickte uninteressiert.

Die unscheinbare Fitnessanlage in der Schulze-Deulitsch-Straße stand am Anfang eines kleinen Gewerbegebietes und wurde von vielen Fitnessfreaks genutzt. Die Lage war günstig. Da in der Nähe auch eine italienische Trattoria, ein Rewemarkt, ein Frisör und ein Lotto-Toto-Geschäft angesiedelt waren, konnte man nach sportlicher Ertüchtigung auch noch andere Sehnsüchte stillen.

Deckel starrte in den Regen, während sein Onkel gerade eine Toto-Blanke-CD in den Player schob. Er schaute aus dem Fenster. Ein Mann ging mit seinem dicken Hund an dem Mercedes vorbei. Er trug das Wollmonster auf dem Arm. Seine Einkaufstüte hatte er als Regenschutz über den Kopf gespannt, die ihn wie ein Entführungsopfer aussehen ließ. Hinter Deckel auf der Driburger Straße fuhren Autos hin und her und sorgten für eine gleichmäßige Geräuschkulisse. Deckel lauschte der Musik. Das wehmütige „Sunrise" flog durch die Lautsprecher und hüllte die Stadt in einen Wunschtraum von Sonne und Fischerbooten ein.

„Hör zu Deckel!", sagte Maikötter plötzlich. „Das Detektivdasein ist kein Beruf, sondern eine Berufung. Es ist der Aufgabe des Priesters nicht unähnlich. Wir sorgen für eine bessere Welt. Man vertraut uns. Wir sind Vorbilder. Wir arbeiten im Stillen. Wir können uns also keine Pannen erlauben."

Deckel gähnte und formte ein „U“ auf das beschlagene Seitenfenster. „U“ wie Unsinn, dachte er, aber er ließ seinen Onkel reden und machte nur alle paar Sekunden ein „mhmm mhmm“ dazu, so als wäre er gerade überzeugt worden und würde auf Grund dessen sein Leben ändern. Ein LKW von Vetter & Engels fuhr vorbei. Deckel schaute teilnahmslos auf die abgebildeten Duschkabinen und Badewannen und hätte gerne darin heiß gebadet.

„Was machen wir eigentlich hier?“, fragte er.

Statt einer Antwort beugte sich Maikötter nach hinten und zeigte mit einem kreisenden Zeigefinger nach draußen.

„Was siehst du?“, fragte er den jungen Mann.

Deckel schaute sich um. Er fuhr sich dabei mit der Zunge über die vorderen Schneidezähne, als hätte er etwas Klebriges gegessen, was sich nicht von ihm trennen wollte. Er ließ sich mit der Antwort Zeit, was Maikötter zufrieden feststellte.

„Es regnet, Onkel“, sagte er unsicher. „Ich weiß nicht, was du hören willst.“

Maikötter drehte die Musik ab: „Was ich hören will? Du willst wissen, was ich hören will? Die Wahrheit. Ich will die Wahrheit hören! Was glaubst du, wo wir sind? Wir sind hier nicht in einem Kinderkarussell auf Libori!“

Deckel verschränkte die Hände vor der Brust. Er war eingeschnappt. Schließlich lachte er kurz auf und rasselte wie auswendig gelernt herunter: „Wir stehen hier seit zwei Stunden in der Schulze-Deulitsch-

Straße. Nebenan steht ein Autohaus Kasselmann wie ein Schiff. Sie verkaufen Alfa Romeos, die ich in diesem Leben niemals fahren werde. Auf der anderen Straßenseite, neben dem Lackdoktor, ist ein Fitnessstudio, das von außen aussieht wie eine Turnhalle. Man sieht im Erdgeschoss ein westfälisches Bistro, wo seit einer halben Stunde zwei Männer auf wackeligen Tischen stehen und Girlanden aufhängen. Ein kleiner Mann schaut ihnen zu und trinkt einen Cocktail, der aussieht wie ein zermanschter Frosch. In die Muckibude marschieren untersetzte Männer und dicke Frauen, die ausgebeulte hässliche Trainingsanzüge tragen. Sie haben ihre Autos auf dem Parkplatz hinter dem Gebäude geparkt. Sie huschen vorne rein und verschwinden im hinteren Bereich, als wollten sie nicht erkannt werden. Da vorne mehr reingehen, als wieder rauskommen, vermute ich, dass es noch einen zweiten Ausgang geben muss."

Maikötter nickte. „Das war gar nicht schlecht für den Anfang", sagte er. „Man merkt, dass du der Sohn meiner Schwester bist. Vielleicht solltest du nicht alle Informationen speichern, sondern nur die, die wirklich wichtig sind." Er lockerte ein wenig seinen Priesterkragen und sprach weiter. „In diesem Beruf muss man spüren, was wichtig ist und was nicht. Ein guter Priester, äh Privatdetektiv spürt instinktiv, was Wert hat und was nicht."

Deckel zog die Nase hoch und streckte sich. Draußen ging ein Mann mit einem Schild vorbei: „Rettet die Tortenvielfalt!" Deckel schaute dem Mann hinterher. Der Regen trommelte auf das Autodach. Er war müde und ihm war kalt.

„Und was machen wir jetzt?“, fragte er noch mal.

Maikötter lachte und drehte sich nach hinten.

„Wir warten“, flüsterte er und stellte die Musik von Toto Blanke wieder lauter.

Der Himmel war grau wie eine verlorene Seele. Englische Soldaten mit Marschgepäck liefen singend durch den Regen. Sie schwirrten wie ein Vogelschwarm in den Philosophenweg und verschwanden in der Röhre, die unter der Driburger Straße herführte.

Der Mann mit dem dicken Hund kam vom Rewemarkt zurück. Er trug die Einkaufstüte in der Hand, sodass man diesmal sein Gesicht sehen konnte. Mit der Tüte auf dem Kopf hatte er besser ausgesehen. Er war nicht allein, ein anderer Mann ging mit ihm und trug auch eine rote Rewetüte. Diesmal musste der Hund, gesichert durch eine dünne Leine, umherlaufen. Ab und zu blieben die Männer im Regen stehen und bemerkten nicht, wie der dicke Hund einen aufgeweichten Kotzfleck aufleckte.

Deckel langweilte sich. Er wusste nicht, was er noch beobachten sollte und dachte an das Brötchen, das ihm heute Morgen seine Mutter geschmiert hatte, und das er nicht gegessen hatte. Es war ein Upschie gewesen, weil Bäcker Lange es in Upsprunge erfunden hatte. Zum Glück wohnt der Bäcker Lange nicht in Bad Lippspringe, dachte Deckel, sonst hätten dieses Brötchen Lippschie heißen müssen. Noch schlimmer wäre es gewesen, wenn der Bäcker Lange in Salzkotten seine Upschies erfunden hätte, dann würden sie womöglich Kottschies heißen. Geben sie uns bitte vier Kottschies und haben sie auch Litchimarmelade?

Er überlegte, ob er Maikötter fragen sollte, ob er sich bei Kasselmann Autos anschauen dürfe, traute sich aber nicht. So blieb er einfach auf der Rückbank sitzen und atmete laut durch den Mund ein, hauchte die Scheibe an und dachte an nichts.

Draußen regnete es wieder heftiger, als würde jemand einen Regler drehen, der die jeweilige Regenstärke festlegte. Im Grunde bedrängte der Regen schon seit Monaten die Paderstadt, aber Deckel konnte sich nicht erinnern, dem Regen schon einmal so lange beim Regnen zugeschaut zu haben. Er verfolgte sogar die Tropfen, die neben ihm am Fenster erschienen, um schließlich entkräftet auf den Boden zu gleiten.

Deckel wollte eigentlich Bäcker werden, denn er liebte den Duft von Brot und dass man ihn fast umarmen konnte wie eine scheue Katze. Er konnte stundenlang Kuchen betrachten, ohne daran denken zu müssen, ihn zu essen. Er hatte beim Bogenbäcker Honervogt eine Ausbildung begonnen, als man bei ihm eine Mehlstauballergie feststellte. Wie gemein. Er hatte dann mehrere Jahre nichts getan und sich mit verschiedenen Jobs über Wasser gehalten. Für Ochsenfarth hatte er Altäre restauriert und für Stute Marmelade gekocht. Er war für Czernoch Taxi gefahren und hatte bei Akka gekellnert. Er nahm in der Zeit alles an, was nichts mit Mehl zu tun hatte. Leider waren es nur Aushilfsjobs gewesen, die ihn mehr schlecht als recht ernährten. Schließlich hatte seine Mutter ihre Kontakte spielen lassen. Ihr Bruder, sein Onkel Friedrich, führte seit fast zwanzig Jahren die Detektei Maikötter. Hier sollte er eine Ausbildung machen. Er sollte Detektiv werden.

Deckel kannte seinen Onkel von gemeinsamen Familienfeiern. Er saß dort meistens still neben seiner Mutter, lächelte oft und schien sich gerne zu langweilen. Er war immer freundlich zu ihm gewesen, aber auch ein wenig uninteressiert. Er hatte einmal zu ihm gesagt: „Lass es langsam angehen, mein Junge", als er gegen ihn im Tischtennis gewonnen hatte. Nun saß sein Onkel in seinem schwarzen Anzug mit dem weißen Priesterkragen auf dem Beifahrersitz und versuchte sein strohblondes Haar zu bändigen, was ihm aber nicht gelang. Das Haar seines Onkels sah immer so aus, als würde es gegen seinen Willen auf diesem Kopf festgehalten. Als wollte es eigentlich woanders sein und wäre nur noch hier, weil es einen Knebelvertrag unterschrieben hätte. So drängte alles schlecht gelaunt nach draußen und ließ sich nicht bändigen. Einmal stand Maikötter in der Zeitung, weil er eine Entführung des Erzbischofs vereiteln wollte. Später stellte sich dann aber heraus, dass niemand den Erzbischof entführen wollte. Das war die Zeit, in der Maikötter anfing bei manchen Einsätzen mit einem Priesterkragen, dem Kollarkragen, zu erscheinen. Inzwischen dachten viele, dass er wirklich zum Priester geweiht worden war, so perfekt passte die Verkleidung zu seiner Haltung.

Deckel seufzte. Nun sollte er also Detektiv werden, ein Schnüffler und Schmutzige-Wäsche-Wäscher. Ihn schauderte. „Mir ist kalt“, sagte er.

„Schau nach unten, dort liegt ein Schlafsack“, sagte Maikötter.

Deckel griff neben sich, wo er einen braunen Schlafsack nach oben beförderte. Um den Schlafsack war ein Albenzingulum gewickelt. Deckel löste vorsichtig die Baumwollkordel, die Priester eigentlich benutzen, um ihre Mantelalbe zu binden. Er legte den Schlafsack über seine Knie und spielte ein wenig mit dem Reißverschluss herum, bis ihn sein Onkel mit einem Blick zur Ruhe zwang.

„Wenn du etwas Auffälliges bemerkst, dann sag Bescheid“, sagte er. Er faltete das „Westfälische Volksblatt“ auf und las den Kommentar von Franz-Josef Herber. Die Stadt Paderborn stand kurz vor einer Partnerstadtverbindung mit der chinesischen Stadt Qingdao. Am Montag wurde eine chinesische Delegation erwartet, um diese Partnerschaft perfekt zu machen. Herber merkte in seinem Kommentar an, wie sehr eine siebte den Geldbeutel der Paderstadt belasten würde. Maikötter stöhnte laut auf und sagte in die Stille ein „so“. Er sagte öfter mal „so“, wenn es zu still wurde und er sich vergewissern musste, dass er noch lebte. Er überflog den Artikel von Franz-Josef Herber, ohne eine Meinung zu dem Thema zu haben. Er hoffte nur, dass die chinesische Partnerstadt nicht genauso schwer auszusprechen war wie die polnische Partnerstadt Prezmüsel, oder wie die hieß.

Deckel kniff die Augen zusammen und reckte sich. Er versuchte, sich wach zu halten. Er starrte aus dem Fenster auf das Fitnessstudio und kam sich vor wie ein Fisch in einem Aquarium. Die Straße war leer. Einmal sah er eine Frau mit einem Schirm, die hastig durch die Regenstadt lief und auf den Boden schaute, als hätte sie etwas zu verbergen. Deckel drehte die Fensterscheibe herunter und atmete die frische Regenluft ein. Direkt unter dem Auto lief ein Rinnsal die Straße herunter, bis es in einem Gully auf der Driburger Straße verschwand. Neben dem Fitnessstudio führte ein Trampelpfad zum Philosophenweg. Oben stand ein Schild: „Schutzwürdiges Biotop. Gartenabfälle und Müllablagerungen schaden dem Naturschutz. Der Stadtdirektor."

Unten begleitete ein kleiner Kanal den Weg vom Überlaufbecken auf der Lieth bis zum Ostfriedhof, wo er unterirdisch die Stadt unterlief. Deckel war in Gedanken versunken, als ein großer, bulliger Mann das Bistro im Fitnessstudio aufsuchte. Er trug einen neuen Trainingsanzug und hatte eine blau-schwarze SC-Paderborn-07-Baseballkappe aufgesetzt. Deckel schaute weiter auf das Ordnungsschild, welches schutzlos im Regen stand.

„Schutzwürdiger Stadtdirektor. Naturschutz und Biotope schaden den Müllablagerungen. Der Gartenabfall." Deckel musste lachen über seinen Gedankensprung.

Maikötter blickte von seiner Zeitung auf. „Schläfst du?, fragte er vorwurfsvoll."

Deckel riss die Augen auf. Er war so in Gedanken gewesen, dass er erst jetzt bemerkte, wie dunkel es draußen geworden war. Die Laternen leuchteten. Ihre Lichterkegel bestrahlten den Regen. Im Bistro erleuchteten bunte Lampions das große Schaufenster. Er schüttelte den Kopf.

„Ich habe nichts Auffälliges bemerkt", sagte er.

„Und was ist mit dem Mann dort?", flüsterte Maikötter. „Fällt dir an dem nichts auf?"

Er schaute auf den dicken Mann, der gerade im Fitness-Café vor einem Fitnessgetränk saß.

„Ich weiß nicht, was du meinst, Onkel", sagte Deckel. „Was soll an dem Mann auffällig sein?"

Maikötter unterdrückte ein Gähnen und faltete die Zeitung zusammen.

„Mein Herr und Gott, stärke mich in dieser Stunde", murmelte er. Er deutete auf den Mann, der im Bistro unter einer Girlande saß.

„Interessanterweise", sagte er, „sieht man immer nur dicke und ungelenke Menschen in ein Fitnessstudio gehen. Unser Mann ist auffällig, weil er nicht auffällig ist. Er ist groß und sieht aus wie Kurt Bendlin. Er rennt die Stufen zu dem Café hinauf, ohne sich anstrengen zu müssen. Er hat bestimmt irgendetwas vor, aber er will keinen Sport treiben."

Deckel grinste. „Ich merke schon, Onkel", sagte er, „von dir kann ich viel lernen."

Maikötter reichte ein Foto nach hinten. „Du brauchst nicht zu schleimen", sagte er. „Schau dir das Foto an."

Deckel wollte das Licht über der Seitentür anstellen, ließ es dann aber. Die riesigen Scheinwerfer vom Autohaus Kasselmann, die die draußen geparkten Autos in ein besseres Licht rückten, reichten aus, um das ganze Hermann-Löns-Stadion auszuleuchten. Er hielt das Foto in einen Lichtstrahl, der auch ihren Wagen erfasst hatte.

Auf dem Foto war ein großer Mann zu sehen, der gezwungen in die Kamera lächelte. Alles an ihm war groß und hatte Mühe, sich an die Grenzen des Fotos zu halten. Er trug ein blaues Hemd mit kurzen Ärmeln. Aus der Hemdtasche ragte ein „Parker"-Kugelschreiber. Er hatte einen hell- und dunkelblau gestreiften Schlips umgebunden und trug eine goldene Uhr am linken Unterarm. Er hatte weißes, kurz geschnittenes Haar, als wäre sein Gesicht ein Fakirstuhl. Er trug eine unauffällige Brille, deren oberer blauer Bügel das Gesicht in eine belebte und eine unbelebte Zone trennte. War die Glätte seiner hohen Stirn nur durch zwei Falten aufgelockert, die sich beim Lachen zeigten, so hockte im eigentlichen Sinnesfeld alles nah beieinander. Die Augen unter der Brille, die Nase über dem kleinen Mund, alles lag dicht beisammen. Zum Glück nutzten die großen Ohren ihren zugewiesenen Platz und sorgten für einen ausgeglichenen Gesamteindruck. Vielleicht wäre der Mann schöner gewesen, wenn er auf dem Kopf gestanden hätte.

„Wer ist der Vogel?", fragte Deckel interessiert.

Sein Onkel atmete laut auf.

„Dieser Mann betreibt ein Beerdigungsunternehmen in Schloss Neuhaus“, sagte er. „Seine Frau glaubt, dass er ihr untreu geworden ist. Wir sollen ihren Verdacht bestätigen.“

„Oder aus der Welt räumen“, murmelte Deckel. Er schaute auf die Rückseite der Karte, wo zu lesen war: „Peter Block: Bestattungen. Wir sind für Sie da, wann immer Sie uns brauchen. Zu jeder Zeit, auch am Wochenende. Versprochen. Ihr Peter Block.“

„Block?“, sagte Deckel. „Den Namen habe ich schon mal gehört.“

„Du meinst Heinrich Block, den Verkehrstechniker, der für die Ampelschaltungen in Paderborn zuständig ist“, sagte Maikötter.

„Oh Gott!“, sagte Deckel. „Wer soll das denn sein?“

„Du kennst Heinrich Block nicht?“, fragte Maikötter. „Den Herrn der 215 Ampeln?“

„Ich fahre auch bei Rot“, sagte Deckel selbstbewusst. „Ich brauche keinen Ampelgott.“

Maikötter verdrehte die Augen.

„Das wird ja immer schöner“, murmelte er. „Ein Verkehrsraudi. Ich fall vom Glauben ab.“

Deckel seufzte. Ein falscher Priester fällt vom Glauben ab, das wurde wirklich immer schöner. „Was sollen wir denn nun mit diesem Block machen?“, fragte er, um zum Thema zurückzukommen.

„Wir sollen ihn beschatten“, sagte Maikötter. „Seine Frau will eine lückenlose Auflistung über alles haben, was er tagsüber und des Nachts macht.“

„Vielleicht macht er ja gar nichts“, sagte Deckel.

Sein Onkel schüttelte den Kopf. Dicht am Wagen gingen drei Frauen und zwei Männer vorbei. Die Frauen waren als Berliner verkleidet und die Männer als Erdbeerschnitten. Sie trugen Schilder auf denen mit bunten Buchstaben geschrieben war: „Bienenstich und Streuselkuchen-Tortenvielfalt muss man suchen."

„Ich glaube, dann wäre sie enttäuscht", sagte Maikötter. „Sie hat ihn schon in Gedanken verurteilt. Sie würde ihm seine Unschuld nie vergeben."

„Was bin ich froh", sagte Deckel, „dass ich nicht in festen Händen bin."

Der große Mann, Peter Block, der bisher grinsend im Fitness-Café wartete, erhob sich und trat mit großen Schritten auf den Bürgersteig. Deckel rutschte automatisch herunter. Er putzte das beschlagene Seitenfenster und hielt das Foto nach unten. Der Mann lief auf den Parkplatz und kam sofort mit einem Strauß Blumen wieder. Er betrat das Fitnessstudio ohne sich umzuschauen und setzte sich wieder an seinen Platz.

„Da kommt noch jemand Auffälliges", flüsterte Deckel.

Eine Frau mit roten Haaren in einem roten Kleid schob ihr Fahrrad vom Philosophenweg auf die Schulze-Deulitsch-Straße, schloss es vor dem Fitnessstudio, direkt neben dem Werbeschild des Lackdoktors, ab und winkte dem großen Mann im Café zu.

„Das ist sie", sagte Maikötter und bekreuzigte sich.

„Du hast dich gerade bekreuzigt, Onkel", sagte Deckel.

„Quatsch!“, sagte Maikötter und fügte später hinzu: „Ich hatte da nur vier Flusen“ und wischte noch mal mit der Hand an den vier Stellen etwas ab, was dort gar nicht war. Dann sahen sie zu, wie sich der Mann und die Frau im Café behutsam küssten.

2. Kapitel

Er hatte sie damals, vor Jahren, im Paderquellgebiet kennen gelernt. Im Caféhaus Plückebaum hatte er einen Kaffee trinken wollen und war gerade auf den Franz-Stock-Platz gegangen. Es hatte so flüchtig geregnet, dass man den Regen kaum wahrnahm, zumal die Sonne dabei schien und der Platz sich nicht grau färben wollte. Er war die große Treppe hinunter gelaufen, die sich an das Schuhhaus Klauser anschließt. Er hatte noch auf dieses Geschäft gegenüber geschaut, an dessen leerem Schaufenster ein Zettel geklebt hatte: „Einbruch zwecklos. Alle Geräte sind Dummys ohne Funktion." Er hatte noch gedacht, dass dort wahrscheinlich Dummysammler das Schaufenster leergeräumt hatten, als er den frei herumlaufenden Hund sah. Der kleine Staubwedel hatte gerade an der spitzen Dreiecksplastik von Hagebölling geschnuppert, die rostbraun und spitz den Platz belagerte wie ein Briefbeschwerer. Der Kläffer war wild um das Kunstwerk herumgerast und hatte geschnuppert, als wäre er bei der Drogenfahndung. Eine städtische Angestellte im schwarzen Hosenanzug hatte lachend hinter ihm im Eingang des Stadthauses Gutenbergstraße gestanden. Sie hatte eine Zigarette geraucht und dem Treiben zugeschaut, als der kleine Hund ein Bein hob, um sich an der Plastik von Hagebölling zu vergehen. Was hatte er sich aufgeregt.

„Kunstbanause!", hatte er geschrien und „Das ist ein Frevel! Das hat Hagebölling nicht verdient!"

Er hatte sich umgeschaut und neben der städtischen Galerie war sie dann aufgetaucht. Sie hatte mit einer Hundeleine gewedelt, nicht nur, um damit ihren Hund zu locken, sondern auch, um der ganzen Situation etwas Spielerisches zu geben. Sie hatte nach Bautz gerufen und ihn dabei angeschaut, als sollte er nicht kommen. Er hatte sie gleich interessant gefunden und hätte nicht sagen können, warum dies so gewesen war. Sie war gar nicht sein Typ. Sie war eher klein und pummelig gewesen und hatte ein rotes Kleid und einen roten Hut getragen. An ihren Ohren hatten schwere Ohrringe gebaumelt, sie war geschminkt gewesen und hatte Kaugummi gekaut. Sie war das Gegenteil von ihm. Sie war auffällig. Er hatte gleich zu ihr hingehen müssen und der Hund war hinter ihm hergedackelt, als würde er zu ihm gehören.

„Ist das ihrer?“, hatte sie gefragt.

„Sie wissen genau, dass das nicht mein Hund ist“, hatte er dann gesagt. Er mochte keine Hunde und musste sich schnell die Hände waschen, wenn er einen Hund nur in seiner Nähe spürte.

„Das scheint der Hund aber anders zu sehen“, hatte sie dann lachend gesagt, hatte sich dabei aber schon gebückt, um den Hund an die Leine zu nehmen. „Bautz“, hatte sie zu dem Hund gesagt, „Bautz, lass den netten Mann in Ruhe.“

Ihren Blick, der gestrahlt hatte, als würde sie Kontaktlinsen tragen, hatte er gleich gemocht. Er war sogar soweit gegangen ihren Hund zu streicheln, obwohl ihm innerlich dabei die Haare zu Berge gestanden haben. Er hatte zu ihm gesagt: „Ja, du bist aber ein feiner Hund“, und dabei war ihm der Hund mit seiner nassen Nase ins Gesicht gesprungen, als wäre dort eine Wurst.

„Der geht aber ran“, hatte er dann gesagt.

Sie hatte nichts gesagt, dabei aber versonnen gelächelt. Er hatte sich sowieso schon wieder beruhigt und musste nun, ob er wollte oder nicht, sein Gesicht wahren.

„Ihr Hund“, hatte er also gesagt, „hat unseren Hagebölling besudelt.“

Sie hatte dann ganz empört getan und den Hund übertrieben böse angeguckt, ihm dabei aber ein Ohr gekrault.

„Warum hinterlässt er seine Duftmarken nicht an den Waschfrauen?“, hatte er gefragt und gewusst, wie lächerlich er klang.

„Wer sind denn die Waschfrauen?“, hatte sie dann gesagt und dabei seinen Ton nachgeahmt. Sie war währenddessen schon die Stufen von der Städtischen Galerie zum Paderquellgebiet heruntergegangen und er war kaum mitgekommen, so entschlossen eilte sie voran.

„Ein Hund muss hier auch angeleint sein“, hatte er gesagt, um sie zu ärgern, „ein nicht angeleinter Hund wird in Paderborn mit einer saftigen Strafgebühr geahndet.“

„Hui!“, hatte sie dann gesagt, als wäre sie ganz erschrocken und war dann so schnell weiter gegangen, dass er ihr folgen musste.

„Und Kaugummis ausspucken sieht man hier auch nicht gern", hatte er ihr hinterhergerufen.

„Das gönn' ich mir manchmal", hatte sie dann gesagt und ihr Kaugummi in hohem Bogen ausgespuckt.

Er hatte gestaunt und von oben auf den kleinen Park geschaut wie ein Leuchtturmwärter.

Wenn man den Park von oben betrachtete, wirkte er sehr groß. Auch wenn man an seinem Ausgang, an der Kisau stand und zurückblickte, wirkte er sehr groß. Sobald man sich aber innerhalb befand, war er klein und überschaubar. Den „Garten vom Erzbischof" hatte er ihn manchmal genannt, weil man dort von überall den Dom sehen konnte. Es war mehr ein Sitzpark, als ein Wanderpark. Wenn man hierher ging, dann um zu einer Stelle zu kommen, wo man sitzen konnte. Im Sommer saßen hier viele Schüler und Jugendliche. Sie sprachen vom Paderquellgebiet als von ihrem PQ. „Kommste mit in das PQ?" Er hatte überlegt, ob er den Park in ihrer Gegenwart auch PQ nennen sollte, hatte dann aber kopfschüttelnd davon Abstand genommen. Er war jetzt vierzig Jahre alt geworden und trug seitdem Hemden und Anzüge. Er sah manchmal wie eine Krähe aus oder eher noch wie ein Rabe.

Zum Glück hatte er damals eine Vorliebe für bunte Halstücher gehabt und hatte auch an dem Tag einen grünen Augenfang über seinen Kragen flattern lassen. Er hatte sich bei dem Gedanken ertappt, dass er der

Frau gefallen wollte. Er war erstaunt darüber gewesen, wie überraschend die Liebe an eine längst verschlossene Tür rütteln konnte und wie bereitwillig man der Fremden aufmachte. Zum Glück kam sie nicht von hier, sondern aus Bielefeld, was ihm einen leichten Heimvorteil eingebracht hatte. Er hatte auch gleich gesehen, dass sie nicht von hier war, da ihr Hund ein so dichtes Fell hatte. Die meisten Paderborner bevorzugten einen Hund mit dünnem Fell, das sich bei Regen nicht so schnell vollsaugen konnte.

Hier war der Regen ein ständiger Begleiter. Viele Menschen trugen immer einen Schirm bei sich und spannten ihn manchmal auf, wenn ihnen Gott zu dicht auf die Pelle rücken wollte. Deswegen hatte es auch der Marktkauf so schwer gehabt, hier Fuß zu fassen. Niemand wollte mit deren Papiertüten durch den Regen rennen und sich zum Gespött des Wettergottes machen. Auch Telefon-Flatrate sprach sich hier nur langsam herum, denn was sollte man am Telefon unendlich viel reden können für lau, wenn man nicht gerne viel sprach und sich lieber anschaute wie einen Zweifel, den man unbedingt noch aus der Welt schaffen wollte.

Sie waren also langsam durch das Paderquellgebiet gegangen, weil ihr Hund an jeder Ecke Efeublätter beschnuppern wollte. Er hatte ihr einiges von den Paderquellen erzählen können, was sie aber nicht zu interessieren schien. Sie hatte eher gelacht, als er mit der Pader als dem kürzesten Fluss Europas angab, so als hätte er ihn persönlich mit einem Schiff von der Quelle bis zur Alme befahren. Die Pader war ja nicht nur der kürzeste Fluss Deutschlands, sondern auch an manchen Stellen so schmal, dass man darüber springen wollte. Schifffahrt war deshalb nur betrunken möglich.

Er hatte ihr dann die große Silberpappel am Ende des Parks gezeigt. Es war der einzige Baum, den er mit Sicherheit bestimmen konnte. Er hatte mal als Schüler eine Blattsammlung für Doktor von Rüden anlegen müssen, und diese Silberpappel hatte ihn begeistert, da ihre Blätter tatsächlich silbern waren und im Winde flirrten wie in einem Märchenfilm.

Es gab an der Kisau, am Parkende, ein erstaunliches Bankaufkommen. Auf der einen Seite luden acht Holzbänke und auf der anderen Seite zwei Eisengitterbänke zum Innehalten ein. Sie hatten auf einer der Eisengitterbänke Platz genommen und auf die acht Holzbänke geschaut, die gegenüber auf die Ausruhenden warteten. Die Holzbänke standen herum, als wären sie Teil einer Bankausstellung. Meistens saßen auf ihrer Seite die Senioren und gegenüber flegelten sich Jugendliche herum. Die Alten und die Jungen schauten sich dann an, ohne dass sie spürten, dass sie auch mal so jung waren und bald mal so alt werden würden.

Viele Jugendliche wissen gar nicht mehr, dass man sich bei einer Parkbank auf die Sitzfläche setzen muss, hatte er gedacht. Sie saßen immer auf den Lehnen, da die Sitzflächen immer von anderen, die auch auf der Lehne saßen, verschmutzt waren. So bleibt die Welt ein folgenreicher Irrtum, in der jeder seinen Platz finden muss, hatte er gedacht.

In diesem Park hatte das Ordnungsamt die Mülleimer nicht neben einer Bank, sondern in einiger Entfernung gegenüber anbringen lassen. Mülleimer neben einer Parkbank bleiben leer, da der natürliche Wunsch nach Sauberkeit in manchen Altersabschnitten als zu spießig empfunden wird. Erst das Aufstellen der Mülleimer auf der anderen Parkseite reizte die Jugendlichen, daraus ein Spiel zu machen: Wer mit der Bierdose einen Mülleimer traf, musste nicht im Aldi das nächste Sechserpack Warsteiner holen. Wer wusste, wie weit der nächste Aldi vom Paderquellgebiet entfernt lag, konnte erahnen wie viel Mühe sich jeder Jugendliche mit dem Treffen der Mülleimer gab. So wusch eine Hand die andere. Auf einem Mülleimer stand in schwarz „Trick“ und auf einem in rot „Krickel Krackel“. Manche Sprayer wissen auch nicht immer, was sie sprayen sollen, hatte er gedacht, dabei gab es doch so schöne Drei-Hasen-Schablonen.

Sie waren dann aufgestanden und hatten wieder ihre Runde aufgenommen. Ein Entenpaar war ihnen entgegen gewatschelt. Sie waren an der kleinen Brücke vorbei gekommen. Plötzlich hatte er das Kaiser-Karlsbad vermisst, in dem er als Schüler immer schwimmen gehen musste und das nun einem Mehrfamilienhaus gewichen war.

Auf dem Jenny-Aloni-Weg hatte sie gefragt: „Hat das auch ihr Hagebölling gemacht?“, und dabei auf einen Stromkasten gezeigt.

„Ha, ha, ha“, hatte er gesagt und leicht ihre Hand gedrückt.

Er hatte sich in sie verliebt, als sie plötzlich im Regenschauer stehen geblieben war und die Arme ausgebreitet hatte, wie eine alles aufnehmende Göttin. Danach war wieder die Sonne herausgekommen und sie hatten den Regentropfen gelauscht, die aus den Bäumen auf die Pader tropften.

„Das sind die Waschfrauen“, hatte er dann gesagt und auf eine Skulpturengruppe gezeigt, die auf einem Wiesenstreifen neben dem Quellbecken der Warmen Pader stand.

Das Paderquellgebiet hieß natürlich so, weil dort in zwei großen Quellnischen die 200 Quellen der Pader entsprangen. Hier war auch einer der Flussarme, die Warme Pader, zu entdecken, die in früheren Zeiten wegen ihrer höheren Temperaturen von 14 bis 16 Grad zum Waschen und Spülen der Wäsche genutzt wurde. In Erinnerung an diese Nutzung hatte ein Künstler eine Waschfrauengruppe mit drei Gänsen geschaffen. Der Hund hatte sofort die Waschfrauenstatue angebellt, die eine Gießkanne in der Hand trug.

„Auf jeden Fall scheint ihr Hund keinen Kunstsinn zu haben“, hatte er gesagt.

Sie hatte gelacht.

„Seien Sie meinem Hund nicht böse“, hatte sie gesagt. „Er kennt sich mit moderner Kunst nicht aus.“

„Dass er den Schöpfer der Waschfrauen nicht kennt, ist in Ordnung“, hatte er gesagt. „Aber Hagebölling sollte man in Paderborn kennen." Er hatte dann einer der Gänseplastiken einen Flügel verdreht. Die Gänse hatten bewegliche Gliedmaßen, die man quietschend in die eine oder andere Pose drehen konnte.

„Bautz kann ihren Hagebölling nicht kennen", hatte sie dann gesagt. „Mein Hund kommt aus Polen."

„Ja und!", hatte er dann gesagt. „Auch in Polen kennt man Hagebölling."

Sie hatte nur den Kopf geschüttelt und die Augenbrauen hochgezogen, als wollte sie diese Angaben gleich im Internet überprüfen.

So hatten sie noch eine Weile herumgealbert, bis er sie plötzlich an sich zog und sie küsste. Der Park bot keinen Schutz. Alle sahen alles wie im Internet. Eine Kehrmaschine der städtischen Müllreinigung, leider nicht in orange, sondern in weiß, war neben der Warmen Pader durch den Regen gefahren. „ASP-Wir kehren wieder."

Oh, alles küsst sich, hatte er gedacht, aber die Jungs der städtischen Müllreinigung machen sauber. Die Welt umarmt sich, aber die Helden der städtischen Müllabfuhr stehen auf ihrem Posten und reinigen die Stadt. Er hätte in diesem Augenblick alle abküssen können, so glücklich war er gewesen.

Eine Frau hatte ein kleines Mädchen unter den Armen hochgehalten, damit es beim Pinkeln nicht vom nassen Rasen gekitzelt wurde. Ein Entenpaar war wieder an ihnen vorüber gewatschelt als wolle es einkaufen gehen, ein Blesshuhn war schnell von einem

Unterholz ins andere Unterholz gelaufen und ein Pfarrer war mit Mantelalbe und Bibel vorbeigehuscht. Er hatte bei ihrem Kuss des Jahrhunderts geklatscht und Bautz hatte gebellt. Natürlich.

Sie waren dann um einen der Quellteiche herum gegangen. Sie waren einfach dem ziehenden Hund gefolgt und hatten kein Wort gesprochen. Er hatte ihr die einsame Deutschlandfahne auf dem Arosa-Hotel gezeigt, die aufgeregt im Wind hin- und herflatterte. Sie hatte ihn dabei angeschaut, als könnte man als Bielefelderin die kleine Nachbarstadt nur verstehen, wenn man sie nicht ernst nahm. Sie schien sich über sich selbst zu wundern und kam ihm dabei manchmal ganz nahe. Sie hatte darauf gewartet, dass er sie wieder küssen würde, aber dafür war er noch nicht bereit. Alles war so schnell gegangen, dass er kurz sein Zögern genießen musste. Er hatte dann ihre Hand genommen und sie hatte sich erst mühsam ziehen lassen, bis sie ganz nah an seiner Seite stand. Er hatte ihr dann den Domturm gezeigt. Man konnte, wenn man hier von rechts nach links ging, die Spitze des Domturmes von rechts nach links wandern sehen. Er war immer hinter den zwei Türmen der Abdinghofkirche zu sehen, die zwar im Vordergrund standen, sich aber ganz bescheiden in den Himmel reckten und als Passepartout anboten.

„Wie lustig es in Paderborn ist“, hatte sie dann gesagt und er hatte versucht, die kleine Stadt mit ihren Augen zu betrachten.

Vor einem Teich stand eine Sonnenuhr, gestiftet von der Volksbank und hatte eine Sinnkrise.

Eine Sonnenuhr in Paderborn ist genauso ungewöhnlich wie eine Rodelbahn in Jamaika. Der Zeiger der Sonnenuhr war verschwunden. Wenn man wissen wollte, wie spät es war und wirklich mal zufällig die Sonne schien, stellten manche Paderborner in die Mitte der Sonnenuhr eine Zigarettenschachtel, um an deren Schattenfall die Zeit ablesen zu können.

Sie hatten Kinderstimmen von einem Schulgelände gehört, welches durch eine hässliche Mauer vom Park abgegrenzt war. Auf der Mauer hatten sich Sprayer verewigt und sich mit Sprüchen wie: „Finke will nur Pinke-Pinke“, „Landrat Müller ist ein Knüller“, „Guten Kuchen muss man suchen“ und „Qingdao, willkommen in Padelboln“ Luft gemacht.

„Du hast recht“, hatte er dann gesagt. „In Bielefeld muss alles anders sein.“

Am Kinderspielplatz hatte er einen Winterhandschuh gefunden, dabei war es doch längst kein Winter mehr. Er hatte so einen Handschuh vermisst, aber schon seit dreißig Jahren und inzwischen dürfte ihm dieser Handschuh auch nicht mehr passen.

Die Kinder am Kinderspielplatz hatten nicht im nassen Sand gespielt. Sie hatten oben auf dem Piratenschiff gesessen und dauernd den Holzanker herunter gelassen. Ein Kind hatte ganz laut geschrien, ein anderes hatte sich einen Stock ans Auge gehalten, als wäre es ein Fernrohr.

Ein kleiner Mann mit einem sehr kleinen Hund war vorbei gekommen, der Bautz wild beschnupperte. Sie hatten erst gar nicht gesehen, was da vor Bautz stand, bis Bautz den sehr kleinen Hund unter sich herlaufen ließ, als wäre er das Brandenburger Tor. Sie hatten dann beisammen gestanden und hatten den beiden Hunden beim Tollen zugeschaut. Der kleine Mann hatte dann plötzlich gesagt: „Kein Wunder, dass die Kinder später die Mauern vollsprayen, wenn sie schon als Kinder Pirat spielen dürfen."

Sie hatten auf den Kinderspielplatz geschaut und gelacht, dann hatte der Mann gesagt: „Wieso werden auf Kinderspielplätzen nicht Postkabinen aufgestellt? Dann könnten die Kinder Post spielen und sich auf ihr späteres Beamtendasein einstimmen."

Mensch und Hund hatten bald genug voneinander, sodass sie in verschiedene Richtungen weitergingen. Es hatte wieder zu regnen begonnen. Der Park hatte sich geleert. Sie waren in die Mühlenstraße gegangen. Der Stadtteil hatte ausgesehen wie eine Filmkulisse, in der nicht mehr gedreht wurde. Plötzlich war es dunkel geworden, nur die Geräuschkulisse war gleich geblieben, als hätte man in der Geisterbahn das Verdeck heruntergelassen. In diesem Stadtteil waren die Straßenlaternen nicht angegangen. Alles war schlecht be
leuchtet gewesen, als wollte man Licht sparen. Auch in den Häusern war es hinter den Fensterscheiben dunkel geblieben, als wollte niemand gesehen werden, als säßen alle lieber im Dunkeln herum und wären unbekannt. Plötzlich waren manche der Rollläden heruntergerasselt, als gäbe es in Paderborn eine feste Zeit für diese Aktion. Sie hatten nach oben geschaut. Ein Mann stand auf einer Dachterrasse und

hustete. Zwei betrunkene Schützen torkelten zum Deutschen Haus und sangen dabei einen Gassenhauer. Sie hatten plötzlich vor dem Hotel zur Mühle gestanden. Ein Mann war heraus gekommen und hatte sie angeschaut.

„Wollen Sie zu mir?“, hatte er gefragt.

„Wieso?“, hatten sie beinahe gleichzeitig gefragt.

„Ich erwarte eigentlich noch Gäste“, hatte er gesagt und sich von ihrem Hund beschnuppern lassen.

Sie hatten sich angeschaut.

„Das sind wir“, hatte sie plötzlich gesagt und ihren Hund hochgenommen.

Der Mann hatte auf den kleinen Hund geschaut.

„Ist das ihr ganzes Gepäck?“, hatte er gefragt.

Sie waren dann ins Hotel zur Mühle gegangen. Die Rezeption war eigentlich nur nach Absprache besetzt. Sie hatten Glück gehabt, dass sie Herrn Glower, den Besitzer des Hotels, angetroffen hatten. Er hatte dann gar nicht gewusst, was er auf die Anmeldeformulare schreiben sollte. Sie hatte ihm schnell „Eheleute Paus“ zugeflüstert, was er gehorsam hingeschrieben hatte. Herr Glower hatte zuerst verwundert geschaut, weil doch Paus auch der Name des Bürgermeisters der Stadt war und sie hatte dann schnell gesagt: „Wir sind aber die Paus aus Elsen“, und der Mann hatte laut gelacht über diesen Zufall.

Die Zimmer waren eingerichtet gewesen wie in einem Sissifilm. Alles, was nicht rosa war, war weiß und alles was herausragte, war mit einer goldenen Kugel geschmückt. Er hatte gleich das Fenster geöffnet. Die Tapeten wirkten trotz ihrer hellrosa und dunkelrosa Streifen bedrohlich und auch das Bild vom heiligen Liborius, dem Schutzpatron der Stadt, welches genau gegenüber dem Bett hing, änderte nichts an diesem Gefühl. Er hatte den kleinen Wasserfall gehört, der neben dem China-Restaurant Panda die Pader weiterleitete. Er hatte sogar Frau Demir gehört, die in ihrem griechischen Imbiss ein türkisches Lied sang. Als er aus dem kleinen Bad gekommen war, welches ihm mit seiner gelben Toilette und den braunen Kacheln Angst gemacht hatte, war sie schon im Bett gewesen. Sie hatte einen Apfel gegessen und er hatte nur gedacht, wie schön sie ist und dann isst sie auch noch einen Apfel. Erst hatte ihn ihr Hund gestört, der sie beobachtete und nicht aus den Augen ließ, aber zum Glück wackelten seine Ohren dabei und so wirkte er nicht so streng. „So möchte ich auch mit den Ohren wackeln können", hatte er gesagt und sie hatte dann gesagt: „Das kannst du doch" und hatte ihn wieder an sich gezogen. Sie waren seitdem ein Liebespaar.

3. Kapitel

Maikötter stieg aus dem Auto. Er griff nach hinten und zog einen schwarzen Parka vom Rücksitz. Es war ein schlichter Parka mit vielen Taschen, der eine abnehmbare Kapuze hatte. Er zog sich die Kapuze über den Kopf und band die Kapuzenschnur am Kinn zusammen. Er sagte: „So“ und atmete die Abendluft ein. Es nieselte ein wenig, aber man konnte nie wissen, wann der Regen stärker werden würde. Er beugte sich in den Wagen und holte eine große Fotokamera hervor, die im Fußbereich vor dem Beifahrersitz gestanden hatte. Er schraubte ein großes Objektiv auf die Kamera und schaute durch den Sucher. Deckel öffnete die hintere Seitentür und streckte sich noch im Sitzen laut stöhnend.

„Nicht so auffällig“, murmelte Maikötter.

„Was?“, fragte Deckel und schaute sich dabei um, ob er beobachtet worden war.

„Du streckst dich zu auffällig“, murmelte Maikötter und machte ein Foto von seinem Neffen.

„Warum soll ich mich nicht strecken?“, fragte Deckel.

„Es muss nicht jeder wissen, dass wir seit Stunden in diesem Auto gesessen haben“, sagte Maikötter und grüßte einen Mann mit einer Stoßstange, der gerade in das Büro des Lackdoktors gehen wollte.

„Ist eine so große Kamera nicht auch auffällig?“, wagte Deckel einzuwenden.

Maikötter hielt die Kamera hoch und machte ein Foto vom Himmel.

„Ein Priester darf überall und von allem Fotos machen", sagte er und schaute durch den Sucher.

Ein Mann mit kurzen Hosen und einem schwarzen Zopf kam aus dem großen Ausstellungsraum vom Autohaus Kasselmann gelaufen. Er trug ein Schild in der Hand auf dem zur Rettung von Streuselkuchen aufgerufen wurde. „Rettet den Streuselkuchen!" Das Schild sah aus wie ein Streuselkuchen und war mit gelben Punkten übersät.

„Sie brauchen mich nicht, oder?", fragte er Maikötter.

Er gab Maikötter die Hand.

„Einen guten Mann kann man immer gebrauchen", sagte Maikötter geschwollen.

„Mein Name ist Benson vom Autohaus Kasselmann", sagte er. „Ewald Benson. Wenn sie ein Auto bei Kasselmanns kaufen wollen, dann fragen Sie nach Ewald Benson."

Sie schüttelten sich lange die Hände. Es schien so, als wollte Ewald Benson Maikötters Hand nicht mehr loslassen. Deckel lachte verlegen und kam sich in seinem weißen Anzug vor, als hätte er seine erste Tanzstunde vor sich. Herr Benson nickte schließlich und trottete mit seinem Schild los.

„Was haben Sie denn mit Ihrem Streuselkuchen vor?", fragte Maikötter und zeigte auf das Schild.

Herr Benson schaute sich um. Unter dem kirschroten Dach vom Autohaus Kasselmann stand eine Frau im grauen Kostüm und winkte ihm zu. Benson winkte zurück. Im Lichtkegel der Straßenlaterne strömten die

Regentropfen auf die Erde, als wäre dort ein Tropfentreffen. Ewald Benson näherte sich wieder Maikötter.

„Wir vom Verein der Kuchenfreunde machen eine Mahnwache vor dem Café Ostermann", flüsterte er. „Wir wollen eingreifen in die Kuchenordnung dieser Stadt. Paderborner Bäckereien kümmern sich zu wenig um die Kuchenvielfalt. Besonders der Streuselkuchen ist in seinem Bestand stark gefährdet. Der Verkauf von Streuselkuchen ging im letzten Jahr drastisch zurück. In manchen Bäckereien liegt der Streuselkuchen nur noch am Wochenende aus. Was soll das? Zum Glück haben wir Unterstützer. Der Fanblock vom SC Paderborn 07 verkauft für uns seine blauschwarzen Fanschals, um unsere schwere Arbeit zu finanzieren."

Ewald Benson redete sich in Rage. Er holte dabei immer seinen Zopf nach vorne und streichelte ihn wie einen Glockenstrang, den er noch längst nicht zum Läuten eingesetzt hatte. Maikötter bereute schon, ihn angesprochen zu haben, aber das war der Nachteil des Priesteroutfits: Alle wollten ihre Sorgen loswerden, alle mussten einem ihr Leben erzählen. Deckel verdrehte die Augen. Er stand ungeschützt im Regen und wurde so langsam pitsche-patsche-nass. Er wollte endlich weitergehen, aber Maikötter hielt ihn mit einem Blick zurück. Er wollte seine Rolle als Beichtvater überzeugend spielen, um nicht aufzufallen und um Gutes zu tun.

„Was muss erst alles passieren", flüsterte der Mann mit dem Zopf weiter, „bis wir erkennen, dass der

Streuselkuchen ein Stück unserer ostwestfälischen Natur ist? Wie viel Leid kann ein Mensch ertragen, bis er bemerkt, dass jede Form von Übertreibung auch ein schwer zu gewinnender Kampf mit sich selbst ist? Ein Stück Torte zum Beispiel ist eine Übertreibung. So etwas wird nicht ungestraft gegessen. Dafür zahlt man seinen Preis."

„Was ist denn ein Streuselkuchen?", wagte Deckel einzuwenden. „Ich esse am liebsten etwas Buntes mit Sahne."

Ewald Benson riss die Augen auf. Er schüttelte den Kopf. Er war wütend.

„Oh ihr Ignoranten!", schrie er. „Jeder Kuchengenuss beginnt mit einem Streuselkuchen. Er ist der Anfang jeder Übertreibung. Wer es nicht lernt mit dem Streuselkuchen zu leben, ist jeder Sünde schutzlos ausgeliefert."

„Wir sind bei meinem Lieblingsthema angelangt", sagte Maikötter salbungsvoll. „Sprechen Sie weiter, mein Sohn."

„Wir müssen ein Zeichen setzen!", schrie Ewald Benson. „Die Menschheit muss wissen, dass man einem Bauwerk nicht ungestraft das Fundament entziehen darf. Es ist fünf vor Zwölf, noch können wir umkehren. Wir müssen handeln. Kommen wir zurück zur neuen Schlichtheit. Retten wir den Streuselkuchen."

Deckel gab auf. Er beschloss, einfach nass zu werden. Er war erschöpft. Stundenlang hatte er mit seinem Onkel im Auto sitzen müssen und stundenlang hatte er in den Regen gestarrt. Er wollte nun eine Pause haben und musste auf Toilette. Er war müde und schlecht gelaunt. Er fühlte sich ausgenutzt und überflüssig. Einmal hatte ihm Maikötter einen Kaffee herübergereicht, der nach nichts schmeckte und viel zu dünn gebrüht war. Blümchenkaffee. Deckel hatte ihn angeekelt getrunken und Maikötter hatte gelacht, bevor er wieder so andächtig der Musik von seiner Toto-Blanke-CD lauschte, als säße er in der Kirche.

Ewald Benson lief plötzlich los. „Wenn es keinen Streuselkuchen mehr gibt", schrie er in den Regen, „dann gnade uns Gott!"

Maikötter schaute dem Autoverkäufer nach, bis er im Philosophenweg verschwunden war.

„Haben wir das gerade wirklich erlebt?", sagte er plötzlich. Er blies die Backen auf und ließ Luft ab. Er blickte zu Deckel, der sich gerade schüttelte wie ein nasser Hund. Sie gingen los. Ein falscher Priester im Regen, dachte Deckel.

Maikötter blickte sich dauernd um, als hätte er Angst, verfolgt zu werden. Sie gingen am Autohaus Kasselmann vorbei in Richtung des Rewemarktes.

„Sie sind im hinteren Wintergarten und benutzen das Laufband", sagte Maikötter plötzlich.

„Wer?", fragte Deckel.

„Block und seine Freundin", sagte Maikötter.

„Müssen wir nicht ein Foto von ihnen machen?", fragte Deckel und zog seine Jacke vor dem Bauch zusammen.

„Es ist zu dunkel, um ein Foto zu machen“, sagte Maikötter. „Alles blendet und von außen erkennt man nichts.“

„Was machen wir jetzt?“, fragte Deckel.

„Sie sind Gewohnheitstiere. Wir haben Luft“, murmelte Maikötter. „Sie laufen jetzt eine Stunde auf dem Laufband.“

Deckel stieg aus dem Wagen.

„Wieso haben wir Luft?“, fragte er.

„Weil sie immer um diese Zeit eine Stunde auf dem Laufband schwitzen“, sagte Maikötter. „Ich habe alles recherchiert.“

Sie kamen zur Trattoria Nuvolari, die nach dem Rennfahrer Nuvolari benannt worden war, weil es dort so schnell eine Pizza gab. Der Besitzer der Trattoria, Giovanni, zog seine Gummihandschuhe aus, mit denen er gerade eine Paprikapizza belegt hatte und begrüßte Maikötter wie einen alten Bekannten. „Alles klar, Priester?“, fragte er und Maikötter nickte. Sie gaben sich die Hand. Maikötter zog seinen Parka aus und hing ihn an die Garderobe neben der Tür.

„Wer ist das?“, fragte Giovanni und zeigte auf Deckel.

Maikötter lachte und flüsterte:

„Er ist der Sohn meiner Schwester.“

„Er sieht so traurig aus“, sagte der schwarzgelockte Wirt.

Maikötter legte einen Arm um Deckel.

„Er hat Liebeskummer“, murmelte Maikötter.

Giovanni zwinkerte Deckel zu und sagte:

„Alle jungen Leute haben Liebeskummer. Eine schöne Zeit."

Deckel verdrehte die Augen.

„Onkel, was erzählst du denn?", flüsterte er.

„Ich mach nur Spaß", sagte Maikötter und schaute dabei auf den Fernseher im Hintergrund.

Auf „N24" schien die Sonne, ein Reporter stand in Badehose vor einem sich wild gebärdenden Meer und sah aus wie aus einer Comedy-Sendung. Alles war so hell und bunt, dass man dachte, der Film stamme aus einer Zeit, als man noch alles nachkoloriert hatte.

Maikötter und Deckel setzten sich nebeneinander unter den Fernseher, weil man von dort nicht den Bildschirm sah. Deckel zitterte plötzlich. Er bemerkte erst jetzt, wie nass er geworden war. Sein kleiner weißer Anzug schien noch kleiner geworden zu sein. Er spannte und klebte an seiner Haut. Deckel las schnell die Speisekarte und bestellte sich einen Espresso.

„Ich rate dir, auf die Toilette zu gehen", flüsterte Maikötter. „Einer muss gleich wieder bei den Turteltauben sein."

Deckel glaubte, nicht richtig verstanden zu haben. Sie waren doch gerade erst gekommen. Er brauchte seine Pause und etwas Warmes im Magen.

„Ich friere und habe Hunger", sagte er und nickte Giovanni zu, der den Espresso brachte.

„Willkommen in meiner Welt", sagte Maikötter.

„Ich dachte", stöhnte Deckel, „wir schalten mal ab."

Maikötter nickte und sagte: „Wir müssen nur im Bilde bleiben. Schau einfach nach, was die beiden machen und dann kommst du wieder."

Maikötters Handy klingelte. Man hörte den Liboritusch. Einige Gäste drehten sich um und lachten. „Priester", rief Giovanni hinter seiner Theke her, „wird wieder der Schrein rumgetragen?"

Auf Libori, dem schönsten Fest der Stadt, wurden zu Ehren des heiligen Liborius dessen Gebeine in einem goldenen Schrein durch die Stadt getragen. Im hohen Dom wurde an diesem Tage zur Eröffnung des Liborifestes der Liboritusch geblasen. Seit dem Jahre 1836 übernahm man ihn aus dem Oratorium „Paulus" von Felix Mendelssohn-Bartholdy. Maikötter hatte diesen Tusch als Klingelton heruntergeladen. Er schaute auf das Handydisplay, auf dem keine Nummer zu sehen war und hielt sich den Apparat an sein Ohr. „Friedrich Maikötter, Ermittlungen aller Art. Ja?", sagte er und „Guten Abend, Frau Block."

„Es ist Frau Block", sagte er erklärend zu seinem Neffen.

„Wer ist noch mal Frau Block?", fragte Deckel.

Maikötter schüttelte den Kopf. Er war erstaunt, wie wenig sein Neffe an den Fall zu denken schien, als dieser ihm zublinzelte und seine Frage als Scherz zu erkennen gab. Pantomimisch ließ Maikötter ein „Ha, ha, ha" folgen, welches von Deckel mit blinzelnden Augen kommentiert wurde.

„Hallo Frau Block", sagte Maikötter in den Hörer. „Ich habe gerade an Sie gedacht."

Deckel trank mit einem Schluck den Espresso aus und suchte die Toilette auf. Die Männertoilette befand sich gegenüber dem Pizzaofen und Giovanni zeigte mit seinen Gummihandschuhen auf die Tür. Deckel betrat den kleinen Toilettenraum und strebte eine der drei Pinkelmuscheln an. Natürlich weiß ich, wer Frau Block ist, dachte er. Frau Block ist die Frau des zu überwachenden Mannes aus dem Fitnessstudio. Deckel betrat wieder den Gastraum. Er sah seinen Onkel, der sich mit dem Handy zur Scheibe gedreht hatte und lebhaft mit seiner Auftraggeberin sprach.

„Ich überwache ihren Mann rund um die Uhr", sagte Maikötter gerade. „Ich bin bei ihm, wenn er das Haus verlässt und ich bin bei ihm, wenn er arbeitet. Ich bin bei ihm, wenn er glaubt, er wäre allein und ich bin bei ihm, wenn er mit besagter Person zusammen ist."

Deckel setzte sich leise neben Maikötter. Er wollte nicht hinaus in den Regen und die Nacht. Sein Onkel hatte noch immer das Handy am Ohr und lauschte mit einer Ruhe, als wollte er gar nicht zu Wort kommen. Er hatte die Geduld der Priester. Es war schon verblüffend. Sein Onkel sah nicht nur aus wie ein Priester. Er hatte auch dieses In-sich-Ruhen und diesen Blick auf die Welt, als wäre er nicht ein Teil von ihr.

Giovanni brachte Maikötter eine Tomatensuppe. Deckel lief das Wasser im Munde zusammen. Sein Onkel sah ihn an und wies ihn mit dem kurz vom Ohr abgesetzten Handy aus dem Raum. Deckel wollte protestieren, aber sein Onkel würdigte ihn keines weiteren Blickes. Deckel nahm sich ein warmes Brot von Maikötters Beilagenteller, schlug sich den Kragen seines Anzuges um und ging hinaus in den Regen.

„Ich habe alles im Griff", sagte Maikötter ins Telefon. „Vielleicht können wir bald schon ein Foto von ihrem Mann machen. Wir warten nur auf den Augenblick, wo er sich mit dieser Frau in einer eindeutigen Situation zeigen wird."

Er schaute Deckel nach, der mit gesenktem Kopf an der Scheibe der Trattoria entlangschlich und zum Himmel blickte. Es regnete wieder heftiger. Deckel lief in Richtung des Fitnessstudios und verschwand aus Maikötters Blick.

Frau Block weinte. Maikötter kannte das. Die Frauen, die ihn beauftragten ihre Männer zu beschatten, weinten sich immer irgendwann bei ihm aus. Er lauschte ihrem Schluchzen und sagte manchmal: „Das wird schon alles wieder, Frau Block."

Frau Block hatte ihn vor zwei Wochen kontaktiert. Sie hatte ihn angerufen und war sehr aufgeregt gewesen. Ihr Mann würde sie betrügen, hatte sie gesagt und dabei würde sie ihn lieben. Er wusste noch nicht mal ihren Vornamen. Sie hatten die üblichen Formalitäten ausgetauscht und nach Überweisung der ersten Rate hatte er angefangen, in dem Fall zu ermitteln. Sie hatten sich dann über Telefon und E-Mail verständigt. So bekam er von Frau Block alle Informationen, die er für eine lückenlose Überwachung brauchte. Manchmal hatte er einen so genauen Tagesablauf ihres Mannes vorliegen gehabt, dass er besser über dessen Termine

Bescheid wusste, als Block selber. Sie hatte ihm einige Fotos ihres Mannes zugemailt und so wusste er, an wessen Fersen er sich heften musste. Frau Block selbst blieb im Hintergrund. Als er, Maikötter, Block zum ersten Mal mit seiner Geliebten gesehen hatte, wollte er sich sofort mit seiner Auftraggeberin im Café Röhren treffen, aber Frau Block lehnte ab. „Je weniger ich in diese Geschichte verwickelt werde, umso schneller werde ich damit fertig", hatte sie heulend erklärt. Er wollte sie nicht weiter bedrängen und schickte ihr seine Zwischenberichte als Anhang mit dem Computer zu.

Giovanni brachte seine Nudeln in der Lachssahnesauce.

„Ist sie hübsch?", fragte plötzlich Frau Block.

Maikötter nahm das Handy vom Ohr und überlegte kurz, bis er wieder das Gespräch aufnahm.

„Die beiden sind glücklich", sagte er und betrachtete seine Nudeln. „Sie sehen wie glückliche Menschen aus."

Frau Block legte auf.

„Schlafen sie gut, Frau Block", murmelte Maikötter, während Giovanni mit einem großen Stück Parmesankäse seine Nudeln bestreute.

„Block?", fragte Giovanni. „Wie der Block von den Ampelanlagen?"

Maikötter steckte sein Handy ein und schloss die Augen.

„Sei nicht so neugierig", sagte er.

„Ich habe nichts gehört, Priester", sagte Giovanni. „Beichtgeheimnis ist heilig."

Maikötter hatte gerade einen Bissen von den Nudeln genommen, als ein völlig aufgelöster Deckel in die Trattoria gelaufen kam. Er hatte erst gar nicht die Tür aufbekommen, weil er anstatt zu ziehen ewig lang gedrückt hatte. Endlich stand er vor Maikötter und sah aus wie ein nasses Kaninchen. Er zitterte und sein Haar tropfte vor Regen.

„Komm bitte, Onkel“, sagte er. „Ich habe was gefunden.“

„Kann das nicht warten?“, sagte Maikötter, der gerade in der Sauce ein Stück Lachs gefunden hatte und es genüsslich in den Mund schob.

„Eine Tote“, stammelte Deckel. „Ich habe eine tote Frau gefunden.“

In dem Augenblick pausierte die Welt. Der Reporter im „N24“ erzählte gerade vom Urlaubsverhalten der Deutschen im Sommer, Giovanni zog eine Pizza aus dem Ofen und ein Kind eines anderen Gastes weinte. Maikötter erstarrte für eine Ewigkeit, bis er fragte: „Wo?“

Deckel rieb sich die Augen. Er stand zitternd vor Maikötter und bemerkte nicht, wie seine nassen Turnschuhe kleine Pfützen auf dem Boden hinterließen.

„Sie liegt unter dem Anbau am Ende der Halle.“

„Der Herr hat’s gegeben, der Herr hat’s genommen“, murmelte Maikötter.

Giovanni schaute herüber.

„Ist etwas mit meinen Nudeln nicht in Ordnung, Herr Priester?“, fragte er.

Maikötter schob den Teller von sich.

„Deine Nudeln sind wunderbar", sagte er, „aber wir haben ein Problem."

„Fehlt Salz?", fragte Giovanni. Er war zu ihrem Tisch gekommen.

„Nein", sagte Deckel. „Ich habe eine Tote gefunden."

Schnell erzählte Maikötter von Deckels Fund. Giovanni war außer sich. Er zog sich seine Plastikhandschuhe aus und lief hinter der Theke zu seinem Telefon.

„Wir müssen die Polizei anrufen", sagte er.

Die anderen Gäste schauten erschrocken auf. Maikötter verließ den Tisch und lief zur Theke. Er überlegte schnell und nickte.

„Lass mir zehn Minuten mit der armen Seele", sagte er schließlich. „Ich möchte ihr meinen Segen geben, bevor die Polizei kommt und alles aus den Fugen gerät."

Deckel wartete und schaute von einem zum anderen. Er schaute sogar noch mal von einem zum anderen, aber niemand sagte etwas. Giovanni nickte schließlich und flüsterte: „Ich bin Italiener. Ich achte die Toten. Sie haben dreißig Minuten Zeit für ihre Segnung, Herr Priester."

Maikötter legte Geld auf die Theke und huschte aus der Trattoria. Deckel starrte immer noch Giovanni an, der sich kopfschüttelnd wieder die weißen Plastikhandschuhe angezogen hatte und mit großen Zwiebelringen eine Salamipizza belegte, bis ihm auffiel, dass auf eine Salamipizza Salami gehörte und keine Zwiebeln. Endlich begriff Deckel, dass Maikötter fort war und lief ihm wie ein Hund hinterher.

„Muss es denn in dieser Stadt immer regnen!", schrie Deckel.

„Komm jetzt", sagte Maikötter, der sich im Gehen seinen Parka zuknöpfte und die Kapuze aufsetzte.

Der Regen klatschte wild auf die Straßen. Es regnete Katzen und Hunde. Dicke Bindfäden waren im Licht der Scheinwerfer zu sehen. Dicke Rinnsale liefen in die Abflüsse. Alles Wasser suchte einen Weg und lief ab. Das Autohaus Kasselmann war beleuchtet wie der Flughafen Paderborn/Lippstadt. Die Autos standen hellglänzend auf dem matschigen Wegstreifen. Der Lackdoktor hatte sein Bürolicht gelöscht und ohne das erleuchtete Firmenschild hätte niemand gewusst, dass hier der Lackdoktor wohnte.

Sie schauten in das Fitnessstudio. Das westfälische Bistro war voller Menschen. Jemand überreichte einem kleinen Mann mit einer schwarzen Bistroschürze einen Früchtekorb. Ein Blitzlicht erhellte die ausgelassen Feiernden, die alle klatschten, als jemand einen Pokal in die Höhe hielt. Die Eröffnung des westfälischen Bistros war in vollem Gange.

Maikötter und Deckel liefen um das Bistro herum. Deckel lief voraus. An der großen Sporthalle war ein Raum wie ein Starenkasten angebaut worden. Zwei Säulen auf jeder Seite stützten ihn. Der Anbau grenzte direkt an den Hofparkplatz an und der Platz unter ihm wurde genutzt, um alte Anhänger, alte Werbetafeln und anderen Krimskrams abzustellen. Direkt neben einem bunten Graffiti „Vivall Amore“, was das auch immer heißen sollte, lag eine tote Frau. Maikötter schluckte und bremste seinen Gang. Es war nie leicht, sich einem toten Menschen zu nähern. Er schloss die Augen, senkte den Kopf auf die Brust und tat so, als würde er beten. Er musste sich beeilen. Giovanni würde in dreißig Minuten die Polizei benachrichtigen. Gleich würden sie hier sein. Maikötter schaute der Toten ins Gesicht und schloss ihre Augen.

„Durchsuch sie!“, sagte er zu Deckel.

Deckel ging zu der Toten. Sie war neben einem Reweeinkaufswagen auf einer Bambusmatte aufbewahrt. Sie streckte Beine und Arme von sich wie das Fluchtmännchen, welches vor grünem Hintergrund auf den Fluchtweg aufmerksam macht. Die Tote trug Zöpfe und ein weißes Trainingsanzugoberteil mit grünen Streifen auf den Armen. Sie hatte einen kurzen weißen Rock an, der sich über ihre nackten Beine geschoben hatte. Sie trug nur einen Turnschuh und keine Strümpfe.

„Was soll ich denn bei ihr untersuchen?“, fragte Deckel. „Sie hat doch fast nichts an.“

Maikötter kniete sich zur Toten. Sprach er ihr Trost zu? Deckel blickte sich um. Kein Mensch war zu sehen.

„Sie ist eiskalt“, sagte Maikötter.

„Was soll das heißen“, fragte Deckel verzweifelt.

„Sie war mal tiefgefroren“, murmelte Maikötter.

Deckel zitterte bei der Vorstellung. Zum Glück war es unter dem Anbau trocken. Er verschränkte die

Arme vor der Brust und schüttelte sich. Maikötter hatte ein weißes Taschentuch in der Hand und holte damit aus der Trainingsjackentasche einen Schlüsselbund.

„So“, sagte Maikötter, um etwas zu sagen und streckte Deckel den Autoschlüssel entgegen. Deckel hatte verstanden. Er umfasste den Schlüssel mit dem Taschentuch und lief damit die Stufen zu dem Parkplatz hoch. Schließlich entdeckte er einen Ford Mustang, der blinkte, wenn man auf den Schlüsselgriff drückte. Maikötter lief zu dem Mustang und betrachtete das Auto. Entschlossen riss er endlich die hintere Tür auf. Eine Tasche war auf dem Rücksitz abgelegt worden. Ein Stoffteddy saß daneben und hatte nur ein Auge. Maikötter hörte Polizeisirenen, die sich immer lauter werdend dem Parkplatz näherten.

„Wir müssen uns beeilen“, sagte Maikötter. Er hatte einen Bleistift in der Hand und öffnete damit die Tasche der Toten. Schnell fand er einen Ausweis, den er vorsichtig mit einer Hand öffnete, nachdem er sie mit seinem Taschentuch umwickelt hatte. Deckel stand plötzlich hinter ihm und hatte eine kleine Taschenlampe in der Hand, die das strahlende Ausweisbild beleuchtete.

„Susan Millwork“, sagte Deckel. „Unsere Tote ist Amerikanerin.“

„Wie jung sie war“, sagte Maikötter und legte den Ausweis wieder in die Tasche. Er drückte Deckel die Autoschlüssel in die Hand, der damit zu der Toten lief. Als die Polizei mit drei Autos auf den Hof fuhr, winkten sie sie schon zum Anbau. Maikötter konnte sich gerade noch den Priesterkragen vom Hemd lösen, als sich Hauptkommissar Gökke schon aus dem Polizeiauto quälte.

„Ach sieh einer an", stöhnte er, als er Maikötter sah. „Wie geht's denn unserem Priester?"

Maikötter ging zum Hauptkommissar und hielt ihm die Hand entgegen, der sie seufzend ausschlug.

„Wenn ich Sie sehe, Hauptkommissar Gökke", sagte Maikötter, „dann weiß ich, dass es eine bessere Welt gibt."

Der Hauptkommissar brummte und zog seine Nase hoch. Er suchte nach einem Konter und konnte sich wie immer nicht entscheiden, ob er Maikötter duzen oder siezen sollte.

„Wenn ich dich mit einem Priesterkragen erwische", zischte Hauptkommissar Gökke, „dann sind Sie dran."

Er putzte sich die Nase. Er war erkältet. Er hatte einen dicken Pullover an, über den sich ein enger Trenchcoat spannte. Er trug eine dünne Zipfelmütze, die weder zur Jahreszeit noch zu seinem Beruf passte. Er schüttelte sich plötzlich, als hätte ihn gerade eine Kältewelle erwischt. Er zog die Nase hoch und stöhnte auf. Keine Frage, Hauptkommissar Gökke ging es nicht gut. Er legte den Kopf in den Nacken und tropfte sich aus einer kleinen Flasche Tropfen in die Nase, dann streifte er Gummihandschuhe über und bückte sich zu der Toten.

„Kann hier jemand mal Licht machen", schrie er in

die Dunkelheit. „Hier sieht man ja seinen Schwanz beim Pissen nicht!"

Maikötter seufzte. Er konnte es nicht haben, wenn Hauptkommissar Gökke so grob war.

„Man hat sie hierhin geschleppt", sagte Maikötter. „Sie ist nicht hier gestorben."

„Wer hat Sie gefragt?", stöhnte Hauptkommissar Gökke. „Ich kann dich nicht leiden, Priester. Wenn es nach mir gehen würde, müsstest du in der Hölle landen."

„Zum Glück sind Sie nicht Gott", sagte Maikötter.

„Sie müssen es ja wissen", sagte Hauptkommissar Gökke, bevor ihn ein Hustenanfall überkam.

Er hob die Hand. Maikötter schwieg. Er konnte fast spüren, wie sehr Hauptkommissar Gökke ihn hasste. Er wollte ihm nicht mit unerwünschten Kommentaren einen Grund geben, seinen Hass zu zeigen. Ein Polizist kniete neben der Toten. Irgendjemand hatte Hauptkommissar Gökke eine Taschenlampe gebracht, mit der er ins Gesicht der Toten leuchtete.

„Nicht schon wieder", flüsterte er. „Die Tote trägt einen SC-Paderborn-Schal. Ist ein Arzt in der Nähe?"

„Nein", schrie jemand. „Hier wohnt nur der Lackdoktor:"

„Klick-Klack-Klackdoktor", flüsterte Maikötter und knackte sich seine Finger aus.

Hauptkommissar Gökke schrie „Ruhe da oben!", und kniete sich neben die Tote. Der Tatort wurde gesichert. Alle liefen herum wie in einer Bahnhofshalle. Inzwischen standen die Bodybuilder und Freizeitsportler hinter den Absperrungen und verfolgten das Treiben der Kriminalisten. Sie hatten wegen der Eröffnungsfeier des Bistros bunte Hütchen auf. Manche hielten ein Sektglas in der Hand.

„Was treiben Sie hier eigentlich?“, fragte Hauptkommissar Gökke plötzlich, „und wer ist das blasse Handtuch neben Ihnen?“

Erst als ihn der hustende Kriminalist anstarrte wie einen unangenehmen Hautausschlag, fühlte sich Maikötter angesprochen.

Maikötter schaute zu Deckel. Deckel war kreideweiß im Gesicht und rauchte eine Zigarette.

„Ich denke, du rauchst nicht“, sagte Maikötter.

Deckel schaute überrascht auf seine Zigarette und warf sie weg.

„Das tue ich auch nicht“, stammelte er. „Der Chef vom Fitnessstudio hat sie mir angeboten.“

Maikötter schaute auf Hauptkommissar Gökke, der gerade einen Nasentropfen mit der Zunge auffing.

„Was ist nun, Priester?“, fragte er genervt. „Redest du nicht mehr mit mir oder was?“

„Ich untersuche hier einen Fall“, flüsterte Maikötter. „Das ist mein Assistent, Herr Deckel.“

„Ach so“, sagte Hauptkommissar Gökke böse grinsend. „Sie untersuchen einen Fall und das ist dein Assistent Herr Deckel.“

„Mein Fall hat nichts mit dem Mord zu tun“, sagte Maikötter. „Das versichere ich Ihnen.“

„Ihr Fall hat nichts mit dem Mord zu tun und das versicherst du mir?“, schrie Hauptkommissar Gökke.

„Wollen Sie mich verarschen Priester, oder was?“

Ein Gerichtsmediziner schob sich durch die Menge. Er untersuchte in aller Ruhe die tote Frau. Endlich drehte er sich zu Hauptkommissar Gökke. „Sie ist eiskalt. Sie taut gerade auf“, sagte er. „Sie ist vor geraumer Zeit stranguliert worden. Über den genauen Zeitpunkt des Todes kann ich noch nichts sagen. Es könnte etwa eine Woche her gewesen sein.“

Hauptkommissar Gökke drehte sich zu den Schaulustigen.

„Hat hier jemand was gehört oder gesehen?“

Der Besitzer des Fitnessstudios, Bernard Schumacher, meldete sich, indem er eine Hand mit einem Finger ausstreckte. Er hob das Absperrband hoch und kroch darunter her. Er lächelte. Allen fiel auf, welch sympathische Aura Schumacher verströmte. So sah ein Mann aus, dem die Herzen der Menschen zuströmten. Der Fitnessbudenboss trug einen bescheidenen weißen Anzug, der so gar nicht zu dem herrschenden Wetter passen wollte. Er war nicht sehr groß, ließ dies aber durch Ausstrahlung und Benehmen in den Hintergrund treten. So sah ein Gewinner aus und nicht nur das. So sah sogar ein Gewinner aus, dem man seinen Erfolg gönnte. In seiner Nähe wollte man sein. Ihn wollte man als Freund haben.

Der Betreiber des westfälischen Bistros schloss sich dem Besitzer des Fitnessstudios an und kroch ebenfalls unter der Absperrung durch. Der Betreiber des Bistros war noch kleiner als Schumacher, hatte aber einen dicken Bauch und ein rotes Gesicht mit einer

Knubbelnase. Sie kamen zu Hauptkommissar Gökke gelaufen.

„Schumacher und Lenking“, sagte der Besitzer des Fitnessstudios mit erstaunlich hoher Stimme.

„Wer ist Schumacher und wer ist Lenking?“, fragte Hauptkommissar Gökke.

Der kleine dicke Wirt des Bistros trat einen Schritt nach vorne.

„Ich bin Lenking“, sagte er. „Ich betreibe das Bistro von Herrn Schumacher.“

„Dann müssen Sie Schumacher sein?“, kombinierte Hauptkommissar Gökke gelangweilt. „Haben Sie etwas gehört oder gesehen?“

„Hier spielen die Engländer gerade Krieg“, sagte der Besitzer. „Die haben Manöver, da fällt ein einzelner Schuss gar nicht auf.“

„Die Frau wurde stranguliert“, sagte Hauptkommissar Gökke und zeigte auf den SC-Paderborn-Schal.

„Scheiße!“, sagte der Wirt. „Das wirft ein schlechtes Licht auf unsere Mannschaft.“

„Haben Sie das Spiel gegen Karlsruhe gesehen?“, fragte Schumacher.

Hauptkommissar Gökke schüttelte den Kopf.

„Fußball geht mir am Arsch vorbei“, sagte er. „Ich hoffe nur, dass nicht irgendein durchgeknallter Paderbornfan völlig ausgerastet ist.“

Maikötter und Deckel hielten sich abseits. Deckel zitterte. Maikötter schaute besorgt auf seinen Neffen und hängte ihm seinen Parka über.

„Ich kenne sie“, flüsterte Deckel.

„Wen?", fragte Maikötter besorgt. „Schumacher oder Lenking?"

Deckel schaute auf die beiden Männer und schüttelte den Kopf. Maikötter nahm ihn in den Arm und zog ihn an sich.

„Du kennst die Tote?", fragte Maikötter ungläubig.

„Ich habe sie mal bei Akka gesehen", sagte Deckel.

„Wer ist Akka?", fragte Maikötter.

„Akka ist der Wirt der Akkademie", sagte Deckel, als wäre damit alles erklärt.

Maikötter seufzte. In Paderborn kannte jeder jeden. In dieser Stadt war es schwer, eine unbekannte Tote zu sein.

„Das sagst du erst jetzt?", fragte Maikötter.

„Ich habe nicht auf ihr Gesicht geachtet", sagte Deckel. „Ich habe doch noch nie eine Tote gesehen."

Deckel lief plötzlich auf den Parkplatz und übergab sich in einem Busch.

„Wollen Sie sich vielleicht in meinem Bistro ausruhen?", fragte Lenking, der Bistrobetreiber.

„Gute Idee", sagte Schumacher, der Besitzer des Fitnessstudios, „kommen Sie doch alle in unser Bistro. Auf diesen Schrecken trinken wir einen Korn."

Maikötter nickte. Er ging zu Deckel und legte ihm wieder einen Arm über die Schulter. Es hatte aufgehört zu regnen. Man hörte nun den Tropfen zu, die sich von Blättern und Dächern lösten. Maikötter drehte sich zu Hauptkommissar Gökke, der noch immer unter dem Anbau ermittelte.

„Brauchen Sie mich noch?", fragte Maikötter.

Hauptkommissar Gökke hustete, danach schloss er die Augen und richtete sich auf.

„Wenn wir hier fertig sind", sagte er, „kommen wir zu euch ins Bistro. Bis dahin warten Sie auf uns."

Hauptkommissar Gökke konnte sich immer noch nicht entscheiden, ob er Maikötter duzen oder siezen sollte.

„Sie scheinen mich wirklich zu hassen", sagte Maikötter.

„Meinen Sie, ich mache Witze?", schrie Hauptkommissar Gökke und spuckte so auf den Boden, dass es platschte.

„Übrigens", sagte er noch hämisch, „eines kann ich Ihnen jetzt schon voraussagen, es wird eine lange Nacht werden."

„O.K.", seufzte Maikötter, „ich verstehe, Sie sind Gott."

Der Hauptkommissar nickte und zog sich seine Nase hoch, als wollte er einen Pavian erwürgen.

„Sag ich doch", murmelte er grinsend.

4. Kapitel

Sie hatten sich verabredet. Sie wollten sich vor dem Hotel zur Mühle, an der Wasserkunst treffen. Das kleine Hotel war seit dem ersten Aufflammen ihrer Liebe so etwas wie ihr wahres Zuhause geworden. Hier kannte sie niemand und hier störte sie niemand. Hier waren sie das Ehepaar Paus aus Elsen, welches so gerne zu Besuch in der großen Stadt Paderborn war. Sie hatte nur leider oft ihren Hund mitgenommen. Er hatte sich noch nicht an ihn gewöhnt. Bautz hatte ihn immer angeknurrt, aber seitdem er einige Leckerlis dabei hatte, konnten sie sich wenigstens zeitweise füreinander erwärmen. Am liebsten aber hatte Bautz ihn angeknurrt. Bautz war so auf sein Frauchen fixiert, dass sie ihn manchmal wegsperren mussten, um ungestört sein zu können.

„Konntest du Bautz nicht zu Hause lassen?“, hatte er gefragt.

„Bautz bringt uns Glück“, hatte sie gesagt und ihm dann einen Kuss gegeben.

Wie wundervoll ihre Küsse gewesen waren. Sie hatte sich an seiner Schulter festgehalten und konnte so beim Küssen einen Fuß in die Höhe heben. Er hatte es gemocht, so geküsst zu werden und dafür auch die Anwesenheit von Bautz in Kauf genommen. Genau so muss das Küssen sein, hatte er gedacht. So waren seine Bilder vom Küssen gewesen, die er durch das Kino bekommen hatte.

Nun hatten sie sich vor dem Hotel getroffen und

Bautz hatte ausgesehen, als müsste er in den Krieg ziehen. Sie hatte ihm eine grüne Khakiweste angelegt, die genau zu dem Militarylook passte, den auch sie trug.

„Was hast du vor?“, hatte er gefragt und den knurrenden Hund von sich geschoben.

„Wir wollen gefährlich sein“, hatte sie dann gesagt und dabei geheimnisvoll gelächelt.

Sie war angezogen, als wolle sie ins Manöver ziehen. Sie hatte ein grünes Lederkostüm mit dunkelgrünen Knöpfen und eine Art Armeemütze mit goldenen Sternen getragen. Sie hatte sich immer was einfallen lassen, um ihn auf die Palme zu bringen. Manchmal hatte er sich dann erschrocken umgeschaut, weil er dachte, dass irgendein Bekannter sie entdecken würde. Er hätte dann nicht erklären können, was er in diesem Augenblick an diesem Ort mit dieser Frau machen wollte. Sie waren zu seinem Auto gegangen, welches er neben einem Sexshop geparkt hatte. Er hatte einen Strafzettel bekommen und ärgerte sich, dass er sich nicht einen Parkschein gezogen hatte. Sein Lieblingsparkplatz war nebenan in der Michaelstraße gewesen. Hier gab es einen Parkplatz, der an einer Ausfahrt neben der Turnhalle des Michaelsklosters lag, wo es kein Geld kostete zu verweilen. Leider war dieser Platz immer von anderen Mitwissern besetzt gewesen, die ihr Auto dort nicht parkten, weil es dort so schön war, sondern weil es kein Geld kostete. Sein zweiter Lieblingsparkplatz war neben dem „House of Bamboo“, einem Asien-Bistro gegenüber des „Globetrotters“ gewesen. Es war ein Einzelparkplatz hinter dem und vor dem niemand parken durfte. Hier stand er gerne mit seinem Wagen, weil man so gut auf den Parkplatz kam und ihn so bequem wieder verlassen konnte.

Er hatte also das Strafmandat zerknüllt und einfach auf den Boden geschmissen. Sie hatten sich schnell in das Auto gesetzt. „Wer steht schon gerne mit seinem Auto neben einem Sexshop?“, hatte sie gesagt.

„SEX WORLD“ war einer der zwei Sexshops der Stadt gewesen. Abgeklebte blaue Schaufenster auf denen mit roten Buchstaben auf die Serviceleistungen der Branche hingewiesen wurde, hatten die Spielarten der Liebe doch sehr übersichtlich dargestellt.

Der Sexshop war ein Eckhaus und grenzte direkt an das Michaelskloster in der Michaelstraße. Gegenüber, neben der Stadtbibliothek, floss die Rothobornpader. Man sah den Dom über die Michaelstraße ragen. Vor einem Antiquariat lag ein schwarzer Hund, der schlief wie ein Toter. Im Schaufenster hingen Gemälde von Willi Lucas, der in seinen Bildern immer wieder Motive der Stadt aufgegriffen hatte, als es dort noch keine Sexshops gegeben hatte. Im Heisingschen Garten hatten Schauspieler der Kammerspiele gesessen und ihren Text gelernt, bevor sie in das Café Röhren gingen, um dort einen Heimbs-Kaffee zu trinken. Im Ö vom Café Röhren hatte ein Schwalbenpaar genistet. Der Sexshop hatte wie ein Pickel in einem sonst makellosen Gesicht gewirkt und die malerische Kulisse von Kirche und Kunsthandel erst richtig zur Geltung gebracht. Das war eher unfreiwillig komisch als erotisch gewesen.

„Möchtest du, dass ich mal so etwas trage?“, hatte sie gefragt und hatte auf das Schaufenster gezeigt, in dem eine Plastikpuppe ein durchsichtiges rosa Nachthemd trug. Er hatte sich geschüttelt.

„Lass mal“, hatte er gesagt. „Bisher gefällst du mir so, wie du bist.“

Er hatte ihr einen Kuss gegeben, Bautz hatte dabei gebellt und war mit seinen schmutzigen Füßen an ihm hoch gekrabbelt, bevor er ihn gepackt hatte, um ihn wieder auf die Rückbank seines Autos zu drücken.

Sie waren dann zum Bahnhof gefahren. Ein Trecker war vor ihnen hergejuckelt und hatte den Verkehr der ganzen Stadt aufgehalten. Sie waren über das Westerntor auf die Bahnhofsstraße eingebogen, bis sie zur Kulturwerkstatt gelangt waren. Hier hatte man auch noch parken können, ohne ein Knöllchen zu bekommen. Er hatte auf die Kulturwerkstatt gestarrt, die am Ende des Parkplatzes klebte wie ein Kuhfladen auf einer Weide. Er war wie jedes Mal überrascht gewesen, wie hässlich die Kulturwerkstatt war. Das ehemalige Teppichlager hatte sich den Charme eines Teppichlagers bewahrt und lud nicht zum Ruhen ein. Sie waren zum Bahnhof gegangen, vorbei an der Aral-Tankstelle, die mit einer blauen Ente auf dem Dach auf ihre Neueröffnung aufmerksam gemacht hatte. Der Verkehr war auf der Bahnhofsstraße so stark gewesen, dass sie sich nicht getraut hatten über die Straße zu laufen.

„Was hast du vor?“, hatte er noch mal gefragt.

Sie hatte gelacht und ihm einen Kuss gegeben,

dann waren sie über die Fußgängerampel zum Hauptbahnhof gegangen. Der kleine Hauptbahnhof lag genau gegenüber des Arbeitsamts, oder der Agentur für Arbeit, wie es sich jetzt nannte. Neben der Agentur für Arbeit ragte das Finanzamt hervor und erinnerte den Abreisenden an seine ewigen Verpflichtungen.

„Kein Wunder, dass man hier schnell weg will", hatte sie gesagt.

„Wer nicht mit der Bahn fliehen will, kann sich ein Fahrrad der Firma Bergsieger holen", hatte er gesagt und auf die Hofeinfahrt gezeigt, hinter der sich die Fahrradfabrik der Firma Bergsieger befand.

Seit kurzem gab es im Bahnhof eine kleine McDonalds-Filiale, welche sich in einem Teil des lange leergestandenen Bahnhofsgaststättengebäudes einquartiert hatte. Der einzige Punk der Stadt hatte vor den Türen des Hauptbahnhofs gestanden und bescheiden um „ein paar Cents" gebettelt. Niemand hatte ihm etwas in seinen McDonalds-Pappbecher geworfen, aber manche hatten ihm wohlwollend über die Sternenfrisur gestreichelt.

„In einer kleinen Stadt muss man mit wenigem zufrieden sein", hatte sie gesagt und dabei einen Kussmund gezogen.

Die Geschäfte in der Bahnhofshalle konnte man an einer Hand abzählen. Ein Backshop der Bäckerei Lange, ein Kurzwarenshop der Firma Schenke, ein enger Zeitungsladen und die Reisezentrale der Deutschen Bundesbahn bildeten den ostwestfälischen Erlebnispark des Hauptbahnhofes. Man konnte noch eine Toilette aufsuchen, deren Benutzung 50 Cent kostete und natürlich Passbilder machen, deren Qualität die Wirklichkeit nicht beschönigte. Eine Treppe führte hinunter zu den fünf Gleisen. Der Aufzug war schon seit Monaten defekt und passte zu dem traurigen Gesamteindruck der Bahnhofshalle.

Er hatte geseufzt und sich in der Bäckerei Lange einen Kaffee „Zum Mitnehmen" geholt.

Einmal war er zu der Firma Schenke gegangen, die im Bahnhof direkt neben der Bäckerei Lange bestehen musste und hatte sie ermuntert, durchzuhalten. „Nur Mut", hatte er gesagt, „das wird schon. Eine kleine Ecke für die Firma Schenke, aber wichtig für alle Paderborner. Schenke schafft uns ein Großstadtfeeling, welches man nur in einer Kleinstadt schätzen kann", hatte er gesagt.

Sie hatte sich eine Zeitung holen wollen. Ihm war dann aufgefallen, wie einige Männer hinter ihr hergestarrt hatten. Ein junger Mann von der Bahnhofsmission war vorbei gelaufen und hatte sie angeschaut. Er hatte noch gedacht, seit wann denn die Mitarbeiter der Bahnhofsmission jung waren? War es auf einmal cool anderen zu helfen? Er war dann hinter ihr hergetrottet und hatte dabei den Kaffee in der Hand gehalten und ihren zerrenden Hund auch. Im Zeitungsladen war es sehr eng gewesen. Im Grunde war der Laden ein schmaler Schlauch in dem in den durchgehenden Seitenregalen hunderte von Zeitungen steckten. Vorne, direkt neben dem Eingang war eine von Zeitungen belagerte Kasse, hinter der sich eine Frau gereckt und abgelaufene Zeitungen zerschnitten hatte. Er hatte sich mit Hund und Kaffee neben ihre Kasse gestellt und gehofft, dort am wenigsten zu stören.

„Haben Sie das Schild nicht gesehen?“, hatte dann die Zeitungsverkäuferin gefragt und dabei kurz über ihre Brillengläser geschaut.

Er hatte gestockt. Die Belegschaft des Zeitungsladens zeichnete sich nicht durch übertriebene Freundlichkeit aus. Ihre Tätigkeiten dienten einzig und allein dem Zeitungsverkauf und sie waren nicht daran interessiert, Käufer durch Schmeicheleien und Gefälligkeiten zu binden. Warum auch? Laufkundschaft ist nicht treu und immer in Eile. Er hatte tatsächlich das Schild an der Glastür übersehen: „Kaffee trinken verboten.“

Er hatte seinen Kaffeebecher hochgehoben und auf die Verschlusskappe gezeigt.

„Ich wollte den Kaffee nicht hier trinken“, hatte er gesagt. „Ich habe den Kaffee extra versiegeln lassen.“

Die Frau hinter der Kasse hatte gerade einer Süddeutschen Zeitung den Kopf abgeschnitten und murmelte ohne aufzublicken: „Das kennen wir schon.“

Er war jedes Mal überrascht mit welcher Schlagfertigkeit das Personal hinter der Kasse den schlauesten Argumenten trotzte. „Wir sind hier aber nicht in Portugal“, war einmal der Witz eines Mannes abgewürgt worden, der nach Blick auf eine 50 Cent kostende Sammelbilderverpackung gesagt hatte: „In Portugal kosten diese Sammelbilder aber nur 40 Cent.“

Es war natürlich immer der flüchtige Laufkunde, der den kommenden Zug erwartete, der diese Stimmung mitprägte und kommentarlos akzeptierte. Ihm war einmal ein 50-Euroschein, mit dem er immerhin drei Zeitungen, darunter eine Psychologie heute mit dem Thema: „Aggressionsvermeidung im Alltag" wieder entgegengestreckt worden, weil angeblich an jenem Tag jeder seine Bildzeitung mit einem 50-Euroschein bezahlen würde.

In Paderborn besaß der Bahnhofzeitschriftenladen das absolute Bahnhofszeitungsmonopol. Wer am Bahnhof eine Zeitung kaufen wollte, kam an den lang gedienten Mitarbeitern nicht vorbei.

„Meine Freundin möchte sich bei Ihnen eine Zeitung kaufen", hatte er also gesagt. „Ich möchte sie dabei beraten."

„Das kennen wir schon", hatte die Frau hinter der Kasse noch mal gekontert. „Verlassen Sie sofort diesen Raum und trinken Sie ihren Kaffee draußen."

Er war langsam sauer geworden, zumal auch Bautz anfing zu bellen und ihn nach draußen zerren wollte.

„Ich will ja diesen Kaffee nicht hier trinken", hatte er noch mal gesagt. „Er hat ja einen Deckel oben drauf. Ich warte nur auf die Frau im Militarylook."

Sie war immer noch am Zeitungsblättern gewesen und schien sich für das ganze Gezerre nicht zu interessieren.

„Verlassen Sie diesen Laden", hatte die Frau hinter der Kasse geschrien, „sonst hole ich die Polizei."

Er war fluchend und in der Gewissheit, dass ihm großes Unrecht angetan worden war, in die Bahnhofshalle geschlichen. Grollend und beleidigt war er im

Bahnhof auf und abgelaufen, bis er es sich nicht mehr hatte verkneifen können und schnell in den Laden hineingerufen hatte: „Es wäre Ihnen zu wünschen, dass mal ein Wesen mit sonnigem Gemüt den desolaten Gesamteindruck ihres Zeitungsladenpersonals auffrischen würde."

Die Zeitungsfrau hatte dann laut aufgelacht und ihre Riesenschere in seine Richtung gehalten. Für einen Augenblick hatte er gedacht, dass sie ihn damit um einen Kopf kürzer machen wollte, dann aber doch bei ihrer Andeutung geblieben war. Er hatte also ungerührt weiter geschrien: „Vielleicht schaffen Sie es aber auch noch selbst, sich aus dieser finsteren Stimmungslage zu befreien. Manchmal helfen schon gemeinsame Betriebsausflüge, kleine Umtrunke oder eine innerbetriebliche Gewinnbeteiligung, um ein wenig Glück auf alle Gesichter zu zaubern."

Die Frau hinter der Kasse hatte nur wieder kurz aufgelacht und ihm das Titelblatt einer Jägerzeitung, auf dem ein Wildschwein abgebildet war, entgegengestreckt. Er hatte dann den bellenden Bautz auf den Arm genommen und sich an dem heißen Kaffee verbrannt. Seine Laune war nicht die beste gewesen, als sie endlich mit einer „Brigitte" aus dem Laden kam.

„Mach doch hier nicht so einen Aufstand", hatte sie gemurmelt und ihn von dem Zeitschriftenladen weggezogen.

„Ich mache hier einen Aufstand?", hatte er geschrien. „Die Tussi im Kiosk wollte doch Ärger haben, nicht ich."

„Pssst“, hatte sie gesagt und ihm den Mund zugehalten.

„Ist doch wahr“, hatte er undeutlich gemault. „Immerhin ist der Bahnhofszeitungsladen der erste Kontakt, den der anreisende Fremde in einer Stadt wahrnimmt. Eine freundliche Verkäuferin könnte jeder Stadt doch viel von ihrem Schrecken nehmen. Man stelle sich vor, dass ein Kölner in diese Stadt reist. Vorher hörte er nur Schauermärchen über die Sturheit aller Bewohner und ist auf das Schlimmste gefasst. Dann will er sich bei der Ankunft in dieser Stadt noch den Dom holen und wird im Bahnhofskiosk nicht nur liebevoll und charmant bedient, sondern wird auch noch zu einem Kaffee eingeladen und darf diesen sogar im Laden trinken.“

Sie waren auf den Bahnsteig gegangen. Es hatte geregnet, aber der Bahnsteig war überdacht. Er zeterte immer noch:

„Ich entdeckte eine ähnliche Stimmungslage bei Frauen, die ehrenamtlich in einem Hundeheim arbeiteten und in jedem potenziellen Hundeinteressierten auch gleich wieder den Täter vermuteten, der bei Ferienbeginn den kleinen Hund an irgendeiner Autobahnraststätte aussetzen würde.“

Sie hatte dann schlechte Laune bekommen und war weit von ihm abgerückt, als würde sie ihn nicht kennen.

Er hatte dann abgeschlossen, auch um des lieben Frieden willens: „Vielleicht ist hier einfach nur der Laufkunde gefordert. Er sollte durch kleine Schmeicheleien den Alltag der Bahnhofsmitarbeiterinnen aufhellen. Sätze wie: ‚Die Frau auf dem Zeitungscover könnten auch Sie sein.' Und: ‚Ich hoffe Sie werden den Angeboten der Playboyscouts widerstehen. Wir brauchen Sie hier vor Ort. Hier ist der Platz, wo Sie viel ausrichten können', könnten Wunder bewirken. Hier ist der Laufkunde gefragt. Die Wandlung des Laufkunden zum Stammkunden könnte aus den hingeworfenen Freundlichkeiten der Zeitschriftenverkäuferinnen wahre Wünsche werden lassen. Wir lieben Sie. Willkommen in Paderborn."

Sie hatten auf dem Gleis 1 gestanden. Neben ihnen waren Reisende, die geduldig auf den Zug warteten, obwohl er bereits 20 Minuten Verspätung hatte. Das macht den Paderborner aus, hatte er gedacht. Er kann warten und kann das, was er tun möchte, überall tun, deswegen ist er genügsam und zufrieden.

Endlich war ein Regionalzug auf den rostigen Schienen zum Stehen gekommen. Der Zug hatte vor sich hin gebrummt und Türen waren auf- und zugegangen. Sie waren dann in den RB 89 mit Zielbahnhof Münster eingestiegen, der sie auch nach Hamm bringen sollte.

„Was wollen wir denn in Hamm?", hatte er gefragt. Die ganze Aktion war ihm immer sinnloser vorgekommen. Sie hatte wenigstens wieder mit ihm gesprochen und bald auch ihre schlechte Laune vergessen.

„Entspann dich", hatte sie gesagt. „Wir machen nichts in Hamm. Wir fahren nur dahin."

Er hatte dann nichts mehr gesagt, nur gedacht, dass ihm das alles langsam zuviel werden würde.

Er kannte sie. Sie brauchte die Abwechslung. Sie brauchte das Prickeln. Sie brauchte das Verbotene. Sie würde nie Ruhe geben.

Sie hatten sich in das Abteil direkt hinter dem Lokführer in die Erste Klasse gesetzt. Das Abteil war so leer gewesen, als würde es dort stinken. Eine Glastür hatte sie von der Zweiten Klasse getrennt. An der Tür des Abteils hatte ein blauer Aufkleber mit weißem, durchgestrichenem Fahrrad geklebt. „Die trauen sich was", hatte er zu ihr gesagt, „fahren nach Münster und streichen ein Fahrrad durch."

Sie hatten sich auf ihre Plätze gesetzt und er hatte Bautz unter seinen Sitz geschoben. Dieser hatte von dort manchmal hoch geguckt, aber dann hatte er ihm die Nase wieder nach unten gedrückt. Vor ihnen war die Trennscheibe gewesen, die ihnen einen geschützten Blick auf die anderen Mitfahrer erlaubt hatte. Sie waren sich wie bei der Vollstreckung eines Todesurteils vorgekommen. Sie hatten wie Zuschauer auf den hellblauen Sitzen mit den dunkelblauen Vierecken gesessen, und konnten von dort schamlos in die Zweite Klasse glotzen. Ein zerlesenes „Westfälisches Volksblatt" hatte auf der durchlöcherten Holzablage über dem Fenster gelegen und kündete von einem neuen Skandal in Altenbeken. Immer wenn jemand Neues den Wagen betreten hatte, hatte sie mit dem Finger auf ihn gezeigt. Sie hatte dauernd gelacht, als wäre sie das Publikum und hatte viel Spaß daran, alles zu kommentieren. Ein Mann hatte sein Fahrrad in die Zweite Klasse getragen und sich auf einen Klappstuhl neben dem WC gesetzt. Er hatte sie angestarrt. Sie hatte ihm dann so lange Kusshände zugeworfen, bis er weggeschaut hatte. Seufzend und stöhnend hatte sich der Zug in Bewegung gesetzt. Als sie endlich die volle Geschwindigkeit erreicht hatten, hatte sich wie von Geisterhand die große Tür der Toilette aufgeschoben, die direkt, nur von der Glastür getrennt, vor ihnen zu sehen war. Die Toilette war leer gewesen. Kein Mensch war rausgekommen, kein Mensch war reingegangen.

„Ein Zeichen“, hatte sie dann geflüstert. „Das ist unser Zeichen.“

„Eine offene Toilettentür?“, hatte er ungläubig gefragt.

„Wart es ab“, hatte sie dann gesagt und ihre rechte Hand auf sein linkes Knie gelegt.

Er hatte sich umgeschaut. Fast alle Fenster des Zuges waren verschrammt gewesen und mit sonderbaren Symbolen bekritzelt, die keine Bedeutung hatten, als hätte jemand telefoniert und sich dabei mit einer Hand hatte ablenken wollen.

„Nächster Halt: Scharmede mit Ausstieg in Fahrtrichtung rechts“ war eine Frauenstimme aus dem Lautsprecher gekommen. So sprach doch kein Ostwestfale.

Er hatte ein Brötchen gegessen und war von den vielen Krümeln fast begraben worden. Bautz hatte von unten auf seine Chance gewartet und hätte ihn am liebsten mitsamt den Krümeln aufgefressen. Er hatte ihn wieder nach unten geschoben und hatte dann eine Zeitlang aus dem Fenster geschaut. Schafe standen auf der Weide und guckten blöd, aber was soll man auch sonst schon in Scharmede machen, außer der Welt zu zeigen, was man von ihr hält.

„Nächster Halt: Salzkotten mit Ausstieg in Fahrtrichtung rechts." So waren sie weiter rumgeruckelt und rumgezuckelt. Dörfer und Käffer wie Geseke, Ehringhausen, Dedinghausen und Lippstadt hatten sie zum Halten gezwungen und er war davon ganz müde geworden. Er hatte bald vergessen, weshalb er in diesem Zug saß und was er hier wollte. Sie hatte einfach neben ihm gesessen und ihn manchmal geküsst, wenn er am wenigsten damit gerechnet hatte. Diese Frau ist gefährlich, hatte er gedacht.

Auf dem Bahnsteig in Lippstadt war eine Frau mit einem großen Rollkoffer bis zu ihrem Erste-Klasse-Verschlag gehumpelt und hatte neugierig ins Innere des Zuges geschaut. Als der Zug wieder mit diesem klagenden Ton angefahren war, war sie über den Wagen der Zweiten Klasse zu ihrem Abteil gehinkt und hatte noch zwei Frauen im Schlepptau gehabt. Alle hatten sie große Koffer dabei, als wollten sie auswandern. Sie hatte die Tür aufgestoßen und gesagt: „Entschuldigen Sie, ich bin gehbehindert. Ich werde in Hamm abgeholt und soll deswegen im Wagen hinter dem Lokführer warten. Dies ist doch der Wagen hinter dem Lokführer, oder?"

Bevor er antworten konnte, hatten sich alle drei

Frauen in das kleine Abteil gezwängt und ihre riesigen Plastikkoffer durch die Tür gedrückt. Sie hatte lachen müssen und sich nach ihrem Hund gebückt, der die drei Frauen mit wedelndem Schwanz begrüßen wollte.

„Kann ich Ihnen helfen?“, hatte er gefragt.

Er hatte gehofft, dass sie von seinem Angebot keinen Gebrauch machen würden, aber leider hatten sie begeistert zugestimmt und nahmen sein Angebot als Anlass, ihm den Grund ihrer Reise zu nennen.

„Wir wollen ein Wochenende am Meer verbringen“, hatte die humpelnde Frau gesagt.

„Mal ganz ohne unsere Männer“, hatte die andere Frau hinzugefügt.

„Am Meer werden Sie bestimmt nicht lange allein sein“, hatte er gesagt und dann versucht, den ersten Koffer in die viel zu schmalen Gepäckträger zu heben. Es war ihm nicht gelungen, obwohl er sich so angestrengt hatte, dass er Schwitzflecken unter den Ärmeln bekommen hatte. Die drei Frauen hatten ihre Koffer dann in die vier Sitzbuchten verteilen müssen, was den Reiz der Ersten Klasse doch erheblich eingeschränkt hatte.

„Ich hoffe, wir machen Ihnen nicht zu viele Umstände“, hatte die humpelnde Frau gestöhnt und hatte ihren Koffer auf einen freien Sitz gehievt.

Er hatte sie flehend angeschaut. Sie hatte doch immer gewusst, wie man sich in solchen Situationen zu verhalten hat.

„Das macht doch nichts“, hatte sie gehaucht und hatte ihren Hund an sich gepresst.

„Der ist aber süß“, hatte eine der drei Frauen gesagt und versucht Bautz zu streicheln, welches er wie selbstverständlich mit sich machen ließ. Da hätte er den Hund erwürgen können und hatte ihn wieder grob unter seinen Sitz geschoben.

„Er muss seine Grenzen kennenlernen“, hatte er entschuldigend geflüstert und war damit nur auf Unverständnis gestoßen.

„Nächster Halt: Soest mit Ausstieg in Fahrtrichtung links.“

„Oh!“, hatte sie dann gerufen. „In Soest muss man aufpassen. Hier ist zum ersten Mal der Ausstieg in Fahrtrichtung links. Da kann man durcheinander kommen.“

Sie hatte ihm dabei zugezwinkert und er hatte müde gelächelt und sich wehrlos gefühlt. In Soest war der Mann mit dem Fahrrad ausgestiegen und eine Frau mit einem Fahrrad war wieder eingestiegen. Beim Anfahren hatte sich die Toilettentür wieder auf- und dann wieder zugeschoben. Er hatte aus dem Fenster geschaut. Neben sich hatte er brachliegende verrostete Gleise gesehen, in deren Zwischenräumen Salat gepflanzt wurde. Der Zug war wieder so stöhnend angefahren, als wäre er lieber in Soest geblieben. Manchmal hatte er einen einsamen Bauernhof inmitten von Feldern stehen gesehen. Manchmal waren ihm Strommasten aufgefallen, deren Leitungen fast bis auf den Boden durchhingen. Einmal hatte er am Horizont viele Windkrafträder gesehen, die sich bedrohlich in der Landschaft drehten. Die drei Frauen hatten sich lauthals unterhalten, damit alle sie hören konnten. Alle waren sie der Meinung gewesen, dass sie für drei Tage am Meer zuviel „Gedöns“ mitgenommen hatten. Sie hatten lange laut und aufgekratzt gelacht, bis man sich ausgeschlossen vorgekommen war. Auf einmal waren alle plötzlich still und hatten dem Rumpeln des Zuges zugehört.

„Was hast du mit mir vor?“, hatte er gefragt.

Sie hatte aus dem Fenster geschaut und verschmitzt gelächelt. Sie hatte sich dabei ihren grünen Rock hochgezogen und er hatte gesehen, dass sie darunter nichts trug. Er hatte die Augen verdreht und sich schnell umgeschaut, aber niemand hatte einen Blick auf sie geworfen. Er war nicht überrascht gewesen, wie selbstverständlich sie mit dem Feuer spielte. Sie brauchte die Abwechslung und ließ ihn an Abenteuern teilnehmen, von denen er manchmal nicht wusste, ob er sie überleben würde. Er hatte aufgestöhnt und hatte nicht den Blick von ihr lassen können. Die Frau mit dem Fahrrad, die schon seit zehn Minuten vor der Zugtür gewartet hatte, war ausgestiegen. Sie waren in Borgeln.

„Ich habe keine Fahrkarten gekauft“, hatte sie plötzlich gesagt.

Er hatte geglaubt, nicht richtig verstanden zu haben. Der Zug hatte sich quietschend wieder in Bewegung gesetzt.

„Wir fahren schwarz“, hatte sie kurz und knapp wiederholt.

Er war rot geworden. Es war zwar unwahrscheinlich, dass sie in einem Regionalzug kontrolliert werden würden, aber wie es aussah, war die gesamte Erste Klasse ohne gültigen Fahrschein unterwegs.

Sie hatte es nicht lassen können. Sie hatte immer einen neuen Kick gebraucht. Er hatte Angst, was sie sich als Nächstes einfallen lassen würde.

Plötzlich war sie aufgestanden und hatte das Abteil verlassen. Sie hatte an dem Griff der Drehtoilettentür hantiert, aber hatte sie nicht aufschieben können. So ist die Bundesbahn, hatte er gedacht, alles funktioniert nur, wenn es nicht funktionieren soll. Sie hatte hilfesuchend zu ihm hingeschaut. Er hatte dann Bautz auf dem Arm genommen und war ihr gefolgt. Niemand hatte von ihnen Notiz genommen. Kaum war er bei ihr angelangt, hatte sie die Toilettentür aufgeschoben und ihn zu sich hereingezogen.

„Nicht hier", hatte er gesagt, hatte aber gleich gewusst, was sie trotzdem vorhatte.

Sie hatte ihren Rock hochgeschoben und sich auf die Spüle gesetzt. Der Zug hatte gerattert und gequietscht, als würde er gleich auseinanderfallen. Sie waren in Hamm eingefahren. Wie in alten Westernfilmen, wo die Postkutsche bei Erreichen eines Ortes noch einmal so richtig die Pferde anhetzte, war auch der RB 89 mit Volldampf in den Hauptbahnhof eingefahren. Er hatte Bautz auf den Boden abgesetzt, der sofort die Brille der Toilette abschlecken wollte.

„Aus Bautz", hatte sie dann geschrien.

Er hatte sie an sich gezogen und dabei auf Bautz gestarrt, der ihnen ganz ungeniert zugeschaut hatte.

„Sag es mir“, hatte sie gestöhnt.

Sie liebte es, wenn er ihr ins Ohr hauchte. Am meisten stand sie darauf, wenn er ihr Sätze von Manfred Schneckenburger vortrug, die dieser in einem Textheft zur Einführung zu Hageböllings Werk geschrieben hatte.

Er hatte sich geschüttelt und hatte geflüstert: „Raum stammt von der Fläche ab. Der Bildhauer folgt damit einem Prinzip, auf das ein großer Teil der modernen Plastik baut. Anfangs bog er ‚Raumschneisen‘ aus Stahlplatten hoch: nachvollziehbare, ja ablesbare Eingriffe, aus denen eine Art seitlich gefasster Hohlweg entsteht. Er forciert den Sog der Orientierung …“

„Ja“, hatte sie gehaucht, „den Sog der Orientierung.“

Er hatte weiter geflüstert: „Schrägen aktivieren Passagen, parallele Schnittlinien spitzen einen Raumpfeil zwischen Bodenhaftung und Flügelschlag zu.“

„Ja“, hatte sie geschrien. „Spitz einen Raumpfeil zwischen Bodenhaftung und Flügelschlag.“

Der Lautsprecher schräbbelte plötzlich: „Nächster Halt: Hamm mit Ausstieg in Fahrtrichtung links.“ Sie mussten sich beeilen.

„Wieder links“, hatte sie gesagt.

„Was ist mit links?“, hatte er gefragt und auf die Toilettentür geachtet. Er hatte Angst, dass sie plötzlich aufgehen würde und ihr Treiben allen deutlich wurde.

„In Hamm wäre ich lieber rechts ausgestiegen“, hatte sie gekichert. „Wir sind doch auch in Paderborn rechts eingestiegen.“

Er hatte gelacht und ihre Unverfrorenheit bewundert. Wie kann man nur so selbstbewusst sein, hatte er gedacht und geflüstert: „Die seitlichen Begrenzungen divergieren zunehmend. Wir zielen ebenso auf den expressiven Gestus wie auf dessen Klarheit und Transparenz.“

Er hatte sich gerade wieder seine Hose hochgezogen, als die Toilettentür sich von selbst öffnen wollte. Ihm war fast das Herz stehen geblieben. Er hatte gesehen, dass sie sich den Rock zurechtrückte und sich im Toilettenspiegel betrachtete. Sie hatte ihm verschwörerisch zugezwinkert.

„Komm, mein Liebster“, hatte sie dann gesagt. „Wir müssen aussteigen.“

Er hatte mit seinem Fuß gegen die Schiebetür getreten und sie damit zum Stoppen gebracht. Draußen hatten die drei Mitreisenden nach ihnen gesucht und hatten schon mal begonnen, ihre Koffer vor die Zugtür zu schleppen.

Der Zug hatte gequietscht und geseufzt und war schließlich in Hamm zum Stehen gekommen. Als sie aus der Toilette gekommen waren, waren die drei Frauen schon ausgestiegen. Sie waren schnell auf den Bahnhof gelaufen und hatten ihren Zug gesucht, der sie wieder nach Paderborn bringen sollte.

„Ich habe Angst“, hatte er gesagt.

„Wieso?“, hatte sie gefragt.

„Es wird immer wilder“, hatte er gesagt.

„Natürlich“, hatte sie gesagt.

Er hatte genickt.

5. Kapitel

Deckel wurde wach. Es war noch dunkel. Er öffnete die Augen und wusste nicht wo er war, bis Maikötter die ratternden Rollläden öffnete. Deckel hatte trockene Lippen und seine Zunge schien noch unter einem Amboss zu schlafen.

„Wo bin ich?“, fragte Deckel und starrte auf die Wolldecke, die auf den Boden gerutscht war.

Draußen baggerte schon ein Bagger und drehte seine Baggerschaufel so dicht am Fenster vorbei, dass Deckel sich duckte.

„Du bist bei mir“, sagte Maikötter. „Keine Angst, ich habe deine Mutter angerufen.“

Deckel leckte sich die Lippen und schluckte. Er erinnerte sich. Die Tote. Er hatte die tote Amerikanerin gefunden. Susan Millwork. Er hatte Angst. Er hatte die Tote gekannt. Er hatte die Frau in einer Kneipe gesehen. Deckel stöhnte auf. Er krabbelte wie aus einem Loch nach oben und erinnerte sich an jede Einzelheit. Die Tote, die er aus der Kneipe kannte, hatte in Paderborn Informatik studiert. Er sah sie vor sich, wie sie vor der Theke saß und ihr blondes Haar hinter das Ohr strich. Ein Hustenanfall schüttelte ihn. Er griff nach einer Taschentuchpackung, die neben ihm auf dem Tisch lag und zog sich ein Tempo heraus. Er schnäuzte sich laut und lange die Nase. Kein Wunder, er musste sich erkältet haben.

Deckel schaute aus dem Fenster. Er starrte auf den Ludwigsfelder Ring, auf dem Autos in beiden Richtungen die Stadt umkreisten. Wie war er in die Wohnung seines Onkels gekommen? Maikötter stand vor ihm und drückte ihm einen Kaffee in die Hand. Er trug eine Albe mit Stehbündchen und lächelte.

„Diese Priesterklamotten sind wirklich bequem", sagte er.

Deckel schaute skeptisch auf den Kaffee.

„Keine Sorge, der Kaffee ist stark", sagte Maikötter.

Deckel trank den Kaffee mit kleinen Schlucken. Er war heiß und saustark. Er erinnerte sich. Sie waren noch in das neueröffnete westfälische Bistro gegangen. Er musste ein Pumpernickel essen und hatte sich mit dem Bistrobetreiber Lenking über die westfälische Küche unterhalten. Es war ein langes und langweiliges Gespräch gewesen, in dem Deckel kaum zu Wort gekommen war. Er hatte einfach stundenlang an diesem Pumpernickel herumgekaut und an nichts anderes mehr denken können, als an dieses Pumpernickel, so überlagerte dessen Geschmack jede andere Empfindung. Der Bistrobetreiber hatte noch vor kurzem sechs ungarische Restaurants geführt und war froh, mit diesen westfälischen Bistros seiner wahren Berufung nachgehen zu können. Er liebte die westfälische Küche und hatte die ausländischen Bistros mit ihren exotischen Angeboten vollständig satt gehabt. Alle sechs Bistros der Fitnesskette hatten gestern Eröffnung gefeiert und Lenking hatte gar nicht gewusst, wo ihm der Kopf gestanden hatte. Dauernd hatte sein Handy geklingelt, weil in irgendeinem Bistro immer irgendetwas fehlte.

Die Polizei hatte sich unter das Fitnesspublikum gemischt und von allen Namen und Adressen erfasst. Keiner hatte was gesehen, niemand hatte was gehört. Deckel erinnerte sich an den Kinderwitz von den Bewohnern eines Hauses, die Zeuge eines Überfalls geworden waren. Sie hießen Keiner, Niemand und Doof. Ein Polizist fragte alle, ob jemand etwas über den Tathergang erzählen könne und ein Zeuge hatte geschrien: „Keiner hat was gesehen. Niemand hat was gehört.“ Und dann fragte der erstaunte Polizist: „Und Sie sind wohl doof?“ Und dann nickte der Zeuge und zeigte seinen Personalausweis auf dem der Name „Josef Doof“ zu lesen war. Deckel wusste noch, dass er gestern über diesen Witz hysterisch gelacht hatte und hoffte, er hatte ihn nicht überall herumerzählt. Er erinnerte sich, dass er Hauptkommissar Gökke mit diesem Witz beeindrucken wollte, aber der hatte Verhöre zu führen und so glücklicherweise keine Zeit gehabt.

Deckel konnte sich noch an alle Einzelheiten erinnern. Neben Hauptkommissar Gökke hatte ein fest installiertes Fahrrad gestanden, mit dem man trampeln konnte, ohne vorwärts zu kommen. Gökke hatte in einer Plastiktüte den blau-schwarzen Schal vom SC Paderborn 07 vor sich liegen gehabt, mit dem Susan Millwork ermordet worden war. Der Besitzer des Fitnessstudios hatte vor dem Hauptkommissar gesessen und streichelte auffällig mit der Hand über seine Haare, als müsse er überprüfen, ob sie noch da wären. Er hatte oft ein Glas Sekt in die Hand genommen und es manchmal hoch gehalten, wenn jemand vorbeigekommen war, um mit ihm anzustoßen. Er hatte dann mit seiner hohen Stimme gerufen: „Lass dir den Spaß nicht verderben, dafür ist das Leben zu kurz."

Hauptkommissar Gökke hatte dann dauernd gegrunzt und aus einem Glas Salzstangen gefischt, die er lustlos wie ein Gartenschredder in sich hineinschob.

Später hatte sein Onkel neben dem dicken Lenking gestanden und sich geduldig seine Lebensgeschichte angehört. Es war erstaunlich, wie sehr sein Onkel die Menschen einlud, offen zu sein, obwohl er gar nicht mehr den Priesterkragen umhatte.

Er, Deckel, hatte sich irgendwann auf die Fahrradattrappe gesetzt und geradelt, als müsste er um sein Leben fürchten. Er hatte dabei auf die Fensterbank gestarrt, wo ein Hamster in seinem Käfig in einem Laufrad herumlief, als wollte er es mit ihm aufnehmen.

„Wir müssen los", sagte Maikötter plötzlich und riss Deckel aus seinen Gedanken. „Block ist auf dem Markt. Er soll dort sein Verhältnis treffen."

Deckel stöhnte auf. „Ich bin doch gerade erst wach geworden!", schrie er. „Ich habe noch nicht mal gefrühstückt."

„Ich habe dich extra lange schlafen lassen", sagte Maikötter. „Du warst gestern völlig erledigt."

Deckel begab sich in das Badezimmer seines Onkels. Er hatte Muskelkater und seine Beine kamen seinem Wunsch nach Gehen nur halbwegs entgegen.

Maikötters Priesteranzug hing an einem Bügel, der an der Heizungsrippe festgeklemmt war. Deckel setzte sich auf die Toilette und dachte an nichts. Er sah sich um. Ein Glas stand auf dem Spülbecken in dem ein Gebiss in einer milchigen Flüssigkeit schwamm. Mehrere weiße Kollarkragen aus Plastik hingen am Handtuchhalter, während das Handtuch über der Duschkabine hing. Zwei Spinnen hockten in einer Zimmerecke und schienen jedem seiner Gedanken zu folgen. Wenn er in ihre Richtung pustete, fing die eine der Spinnen in ihrem Netz an zu rotieren, als wäre sie auch in einem Fitnessraum gelandet.

Das Bad war sauber, aber strahlte die Einsamkeit allein lebender Männer aus. Maikötter war Nassrasierer und hatte eines dieser Doppelklingen-Monster, die mit zweifacher Kraft den Barthaaren den Garaus machen sollten. Deckel konnte sich daran erinnern, wie sein Opa mit einer Einfach-Klinge zurecht kam und er, Deckel, immer dabei gestanden hatte und darauf gewartet hatte, dass er seinem Opa auf das frisch rasierte Kinn einen Kuss geben konnte.

Deckel wusste auch nicht, warum ihm das gerade heute durch den Kopf ging.

Er gähnte. Er saß wie festgeschraubt auf dem Klo, seufzte, drückte auf die Spartaste und löste trotzdem eine stark rauschende Spülung aus. Er zuckte zusammen. Das rauschte und krachte wie bei einem Wasserfall. Er stand auf, zog sich schnell seine Hose hoch und drückte erneut auf die Spartaste der Toilette, die davon unbeeindruckt mit voller Kraft in ihr Dauerrauschen verfiel.

„Wir müssen los“, rief Maikötter durch die halb

geöffnete Tür. Er kam in das Badezimmer und klemmte sich seinen weißen Priesterkragen unter den Kragen eines grauen Hemdes.

„Deine Spartaste ist kaputt“, sagte Deckel und versuchte den Drücker mit der Hand nach oben zu ziehen.

„Blocks Frau hat mir eine Mail geschrieben, dass ihr Mann auf den Markt gehen wird. Er hat dort eine Verabredung unter dem Paradiesportal. Sie geht davon aus, dass er sich dort mit dieser Rothaarigen treffen wird. Sie will über jeden ihrer Schritte informiert werden“, sagte Maikötter.

„Beim Drücken der Spartaste verbraucht man mehr als durch das Nutzen der Normaltaste“, sagte Deckel.

Maikötter lachte. „Das ist keine Spartaste. Ich habe die Hinweisschilder vertauscht“, sagte er.

„Du hast mich hereingelegt?“, fragte Deckel.

„Selig sind die Armen im Geiste“, schmunzelte Maikötter. „Es war eigentlich als Einbrecherüberraschung gedacht.“

Deckel schüttelte den Kopf und drückte diesmal den anderen Knopf, der nun durch ein leichtes Rauschen den Spülvorgang beendete.

„Du hast mich hereingelegt“, murmelte er. „Ich glaub es nicht.“

Maikötter griff nach seinem Priesteranzug und schlüpfte in die schwarze Hose. Er hatte spürbar gute Laune und pfiff ein Kirchenlied.

„Hast du vielleicht eine Zahnbürste über?“, fragte Deckel und murmelte noch mal erstaunt: „Hat mich mein sauberer Onkel hereingelegt.“

Maikötter öffnete ein kleines Schränkchen unter dem Waschbecken und suchte hinter Parfüms und Fußcremes nach einer Gästezahnbürste, fand aber keine. Deckel drückte sich eine Zahnpastawurst auf den Zeigefinger und rieb sich damit über die Zähne.

„So muss es gehen", murmelte er und nickte seinem Spiegelbild zu.

Sie fuhren mit dem Auto in die Stadt. Deckel durfte fahren und neben seinem Onkel sitzen. Zuerst hielt sich Maikötter noch in den Kurven fest, bis Deckel ihn strafend ansah.

„Dann fahr nicht so schnell", maulte Maikötter.

„Ich fahre nicht schnell", sagte Deckel.

„Schau nach vorne beim Sprechen", sagte Maikötter, „und nimm in den Kurven das Tempo raus."

„Willst du fahren?", fragte Deckel.

Maikötter schwieg und schaute aus dem Fenster. Es regnete. Die Scheiben waren beschlagen. Er schaute auf den Himmel und den Dom. Die Stadt wirkte wie durch Engelsaugen gesehen.

„Was hast du denn gestern herausbekommen?", fragte Deckel seinen Onkel.

Maikötter griff neben das Lenkrad und stellte den Scheibenwischer eine Stufe höher.

„Block und seine Freundin haben sich während der Morduntersuchung verdrückt", sagte er. „Sie scheinen das Licht der Öffentlichkeit zu scheuen."

„Wundert mich nicht", sagte Deckel. „Glaubst du, sie könnten etwas mit dem Mord zu tun haben?"

„Wer weiß?", sagte Maikötter. „Wenn man in die

Enge getrieben wird, ist der Mensch zu allem fähig."

„Auch zu einem Mord?", fragte Deckel.

Maikötter nickte. Alles war möglich. Ein Mensch, der tötet, weiß oft selbst nicht, wie es dazu kommen konnte. Der Tod der Amerikanerin schien auf jeden Fall exakt geplant worden zu sein. Maikötter fragte sich, ob ein wütender Fan des SC Paderborn, der aus Wut über das nicht weiter gebaute Stadion überall seine Empörung hinterlassen musste, zu einer solchen Tat fähig gewesen wäre. Der blau-schwarze Fanschal war bestimmt ein Zeichen. Maikötter wusste nur noch nicht, wofür.

„Und was hat dir der Betreiber des Bistros erzählt?", fragte Deckel.

„Der Mann ist auf jeden Fall sonderbar", sagte Maikötter. „Seine ungarischen Bistros scheinen ihn ziemlich genervt zu haben."

„Hast du ihm die Beichte abgenommen?", fragte Deckel.

Maikötter schlug seinen Neffen leicht über den Kopf. „Pass auf", sagte er. „Sonst landest du noch in der Hölle."

Deckel schaute auf die Ampel am Ostfriedhof. Ein Paar Tauben turtelte auf ihrer Spitze. Auf der anderen Seite war der kleine Luise-Hensel-Turm zu sehen und war so klein, dass man sich fragte, zu welchem Zweck er mal genutzt worden war. Ein normaler Mensch hätte es hier nur kniend ausgehalten. Kein Wunder, dass Luise Hensel das Gebet „Müde bin ich geh zur Ruh" geschrieben hatte, dachte Deckel. Das hätte ich auch geschrieben, wenn ich in einem so kleinen Turm untergebracht worden wäre. Sie fuhren am Pelizäus-Gymnasium vorbei in die Giersstraße hinein. Auf der rechten Seite war die „Akkademie", in der ein Wischeimer vor der geöffneten Tür stand und darauf schließen ließ, dass gerade geputzt wurde.

„Dort habe ich mal gearbeitet", sagte Deckel.

„Was hast du gesagt?", fragte Maikötter. „Ich war in Gedanken."

„Ich habe dort in der Akka mal gearbeitet", sagte Deckel. „Die Tote, Susan Millwork, saß manchmal am Tresen und flirtete mit mir."

Maikötter schaute seinen Neffen an, als könnte er sich ihn nicht als Bedienung vorstellen.

„Warum wird denn die Akkademie mit zwei Ks geschrieben?", fragte Maikötter.

„Weil der Wirt Akka heißt", murmelte Deckel. „Find mal mit Akka einen Kneipennamen, der besser dazu passt."

Maikötter dachte nach.

„Wieso?", sagte er. Sie fuhren über die Heiersstraße in die Mühlenstraße. „Akkabau und Viehzucht wäre doch auch möglich gewesen."

Deckel verdrehte die Augen. Obwohl er gar nicht über den Scherz seines Onkels lachen wollte, musste er doch darüber lachen.

„Akkabau und Viehzucht finde ich total lustig", sagte Maikötter noch einmal.

Er schüttelte seinen Kopf und wunderte sich, dass er so gute Laune hatte. Er schaute seinen Neffen an und spürte, wie gern er ihn hatte. Vielleicht habe ich zu lange alleine gearbeitet, dachte er, behielt aber diesen Gedanken für sich.

Je näher sie zur Innenstadt kamen, umso weniger freie Parkplätze fanden sie. Eigentlich müsste dies anders herum sein, dachte Maikötter. Die Zeit wurde knapp. Deckel weigerte sich, den großen Maspernplatz anzusteuern. „Wenn ich schon mit einem Auto in die Innenstadt fahre, dann will ich auch so nah an der Innenstadt parken, wie es geht."

„Lass mich hier raus!", schrie Maikötter plötzlich. „Während du noch einen Parkplatz suchst, kann ich schon mal die Lage sondieren."

Maikötter stieg neben dem Café Röhren aus.

„Wir treffen uns in der Nähe des Paradiesportals", sagte Maikötter und lief in Richtung des Bushaltewartehäuschens am Heisingschen Garten. Er hatte seinen schwarzen Parka an, der vor der Brust ausgebeult war, weil er seinen Fotoapparat vor dem Regen schützen musste.

„Wo ist denn noch mal das Paradiesportal?", rief Deckel ihm nach.

Maikötter spannte seinen Schirm auf.

„Das ist der Haupteingang vom Dom, du Heide", rief er.

Das Paradiesportal entstand Anfang des dreizehnten Jahrhunderts und gehört zu den bedeutendsten Kirchenportalen Westfalens.

Er winkte seinem Neffen nach, dann lief er durch den Heisingschen Garten in Richtung des Domes. Er musste sich beeilen. Blocks Frau hatte ihm gemailt, dass Block sich um 9 Uhr 30 verabredet hätte. Sie hätte in seinem Notizbuch gelesen, dass er sich mit „dieser Person“ vor dem Dom treffen würde. Sie wollte ein Foto von den beiden haben und wissen, was sie den ganzen Tag trieben. Sie hatte gemailt, ihr Mann hätte ihr beim Frühstück ins Gesicht gelogen, dass er eine Beerdigung vorzubereiten hätte. Sie hatte sich schon gewundert, weil er beim Frühstück kein Butterbrot mit Marmelade gegessen hatte und das machte er sonst immer. „Er isst zum Frühstück immer Marmelade auf dem Brot“.

Maikötter ging über den großen Platz vor der Stadtbibliothek in Richtung des Domes. Er lief die 41 Stufen zum Kirchengebäude hoch und stand schnaufend vor dessen Rückseite. Er hätte gerne den hinteren Eingang, die Rote Pforte benutzt, um so auf schnellstem Wege zum Paradiesportal zu gelangen, aber er hatte zu großen Respekt vor der Würde des Hauses, um dort in einer Priesterverkleidung zu erscheinen. Er lief um den Dom herum und sah, dass Markt war. Natürlich, dachte er, samstags ist ja immer Markt in Paderborn. Er ging die Stufen neben dem Café Ostermann hoch und beschloss von hier oben aus den Haupteingang des Domes zu beobachten. Er schaute auf die großen Holztüren des Portals, über denen sich links der heilige Kilian und rechts der heilige Liborius gegenüberstanden. In der Mitte ragte die Gottesmutter hervor und schaute gelassen auf den Platz. Über ihr schwebten zwei Engel.

Maikötter holte sich am Apfelstand einen Apfel, den man ihm schenken wollte, aber er bestand darauf, ihn zu bezahlen. Er schaute bei Rodenbrökers vorbei und betrachtete die Gurken. Wie schön Gurken sein können, dachte er. Nebenan war ein Olivenstand und es roch nach Knoblauch und anderen Gewürzen. Der Domplatz war trotz des Regens voller Menschen. Unter riesigen Schirmen standen sie und unterhielten sich über das Wetter.

Eine Frau in einem Rollstuhl trug eine Nikolausmütze auf dem Kopf und streichelte einen fremden Hund. An strategisch günstigen Punkten hatten sich die Helfer der Arbeiterwohlfahrt aufgebaut. Die AWO sammelte. Prominente und Personen des öffentlichen Lebens liefen mit Sammelbüchsen herum und verschenkten Rosen.

„Priester“, sprach ihn eine Stimme von hinten an. „Wie wäre es denn mit einer kleinen Spende?“

Maikötter drehte sich um. Der dritte Bürgermeister lief mit einer Frau, die einen Schirm über ihm aufgespannt hatte, über den Markt und verteilte Rosen.

„Selig, die geben“, murmelte Maikötter und steckte ein 50-Cent-Stück in die gelbrote Dose. Der dritte Bürgermeister wollte ihm noch eine Rose schenken, aber er lehnte dies schmunzelnd ab. Das hätte ihm noch gefehlt, dass er den ganzen Tag mit einer Rose herumlaufen würde wie ein liebestrunkener Teenager. Er stand vor einem Kartoffelstand. Er dachte noch, dass die Männer, die Kartoffeln verkaufen sich nicht besonders schick anziehen würden. Manche Kartoffelverkäufer trugen einen grauen Kittel, andere waren so angezogen, wie man angezogen ist, wenn man gerade vom Kartoffelausgraben kommen würde. Die meisten Kartoffelverkäufer sahen genauso wie ihre Kartoffeln aus und sprachen auch so wenig. Das passt ja. Plötzlich sah er Block. Er hätte ihn erst gar nicht wiedererkannt. Block trug einen hellen Trenchcoat und einen weißen Hut mit schwarzem Band. Er kam schnellen Schrittes aus der Krummen Grube und ging zielstrebig zum Dom. Maikötter stellte sich unter das hochgestellte Vordach eines Käsestandes und öffnete die Knöpfe seines schwarzen Parkas um im entscheidenden Augenblick sofort an den Auslöser seiner Kamera zu kommen. Maikötter schaute sich um, dann sah er die Freundin von Block. Sie trug eine blonde Perücke, aber er erkannte sie sofort, weil ihre Verkleidung wie eine Verkleidung wirkte, als wäre es Karneval. Er wollte gerade den beiden nachgehen, als der zweite Bürgermeister sich mit einer Sammeldose von hinten näherte und diese laut an seinem Ohr zum Scheppern brachte.

„Guten Tag Herr Priester“, sagte der zweite Bürgermeister. „Wollen Sie nicht für eine gute Sache spenden?“

Der zweite Bürgermeister trug einen grauen Mantel, den er aber trotz des Regens nicht geschlossen hatte. Er trug einen kleinen, spitzen Hut und war in Begleitung einer jungen Frau, die lächelnd die Rosen verteilte. Maikötter spendete wieder 50 Cent und verstand auf einmal, warum man an manchen Tagen keine Priester in der Stadt sah. Diesmal nahm er die Rose an, schenkte sie aber gleich wieder der Frau zurück, von der er sie bekommen hatte.

Er hörte plötzlich Polizeisirenen, die sich von der Marienstraße aus dem Abdinghof näherten. Es fing wieder an, stärker zu regnen. Er schaute auf den Dom. Der Dom sah auch im Regen schön aus. Der mächtige Westturm, den zwei runde Treppentürme bis zur etwa halben Höhe flankierten, überragte mit einer Höhe von 93 Metern die Stadt. Die Glocken läuteten und riefen zur Andacht. Wenn man sich nun unterhalten wollte, musste man schreien. Von den sechs im Turm hängenden Glocken riefen die Glocke der heiligen Maria in a° und die Glocke des heiligen Johannes in h°. Als wäre der letzte Tag der Welt gekommen, lockte der himmlische Klang zur Einkehr. Meistens fotografierte man den Dom, wenn die Sonne schien, dann wirkte er immer so aufgestellt, wie vor einen blauen Himmel montiert. Der Dom kam in Paderborn erst richtig zur Geltung, wenn es regnete. Er ragte dann so unbestechlich über den Marktplatz heraus, wie ein Freund, der auch in traurigen Zeiten zu einem hielt. Manchmal im Winter wurde der Dom mit bunten poppigen Farben angestrahlt. Doch er verlor nichts von seiner eigentlichen Ausstrahlung. Das musste man erst mal schaffen, wenn man in rosa Licht getaucht war.

Maikötter knipste ein Foto vom Dom, bis ihm wieder klar wurde, warum er eigentlich hier war. Block und seine Freundin umarmten sich vor dem Paradiesportal und gingen dann die Stufen zum Café Ostermann hoch. Er verlor sie kurz aus den Augen, weil sie in einer Demonstrantengruppe verschwunden waren. Etwa hundert Protestierer umringten das Diözesanmuseum und kämpften für mehr Tortenvielfalt. „Oh du Streuselkuchenglück/bringst das Kindsein uns zurück./Vielfalt lädt zum Essen ein,/rettet alles Anderssein."

Maikötter erkannte Ewald Benson, der mit glühendem Gesicht sein Streuselkuchenschild hin- und herschwang, als wollte er jemanden erschlagen. Er hatte seinen schwarzen Zopf gelöst und sah von weitem wie eine Frau aus. Der Mann ist gefährlich, dachte Maikötter, er ist gefährlich und verbittert. Eine ungesunde Gemütskombination.

Auf dem Domplatz waren beide Cafés von der Bäckerei Ostermann aufgekauft worden und ging man weiter in die Innenstadt, dann entdeckte man neben der Mariensäule noch eine Filiale von Ostermann. Natürlich befürchteten nun viele Tortenliebhaber, dass die Tortenvielfalt in der Stadt Paderborn verschwinden würde. Auch der Streuselkuchen konnte bei aller Schlichtheit durch unterschiedliche Backweisen überraschen.

Zwei dicke Frauen und ein dicker Mann standen mit ihren Plakaten vor dem Eingang und riefen immer: „Rettet die Tortenvielfalt. Ein Streuselkuchen ist ein Versprechen." Auf den Schildern waren wunderschöne Torten und Kuchenstücke gemalt, die für individuellen Tortengenuss standen. Maikötter machte ein Foto wie Block und seine Freundin ungehindert von den Demonstranten das Café betreten durften und sich innen vor die Glasfront setzten.

Der Sirenenton der Polizeiautos kam näher, bis er hinter dem Westturm verklang. Wollte die Polizei die friedliche Tortendemonstration auflösen?

Es hatte zu regnen aufgehört, aber die Glocken läuteten immer noch. Maikötter schloss seinen Schirm. Der Neptunbrunnen in der Mitte des Marktes rauschte wie eine Autobahn. Ein wartender Mann neben dem Käsestand schrie Maikötter an: „Ich kannte noch den früheren Brunnenwart, den alle Adolf nannten. Er fiel auf, weil er ein Hitlerbärtchen trug. Er erzählte mir oft, dass der Gestalter des Brunnens, Rikus, eigentlich den Neptun von zwei Meter hohen Wasserfontänen umsprudeln lassen wollte, die aber jeden Vorbeischlendernden bei starken Windböen so pitsche-patsche-nass machten, dass er schnell seine künstlerischen Gedanken den ostwestfälischen Wetterverhältnissen unterordnen musste."

Maikötter konnte nur mit Mühe ein Gähnen unterdrücken. Als Priester muss man sich schon manches anhören, was einen aber auch nicht die Bohne interessiert, dachte er.

„Möchten Sie vielleicht von unserem Käse probieren?", sprach ihn eine junge Käseverkäuferin an.

Er drehte sich zu dem Käsewagen um, in dem vier Frauen mit weißen Kitteln alle Hände voll zu tun hatten. Sie sahen aus wie erleuchtete Wesen, die auf die

Welt gekommen waren, um den Ostwestfalen von der Käsevielfalt zu berichten. Maikötter lächelte und winkte ab, als sie ihm schon einen Käsewürfel herüberreichte, den sie auf die Spitze eines Messers aufgespießt hatte. Er kostete. Oh, wie das schmeckt, dachte er. Er schrie gegen den Glockenlärm an und seufzte ein lautes „mhmm" in die Welt, als die Frau ihm noch einen Würfel zum Probieren reichte. Sie sagte noch etwas zu Geschmack und Herkunftsland des Käses, welches aber im Glockenklagen unterging. Er sah Deckel. Deckel kam die Stufen vor der Paradiesvorhalle hoch gelaufen und Maikötter spürte, dass etwas passiert sein musste.

„Tot", schrie Deckel. „Er ist tot!"

Die junge Verkäuferin hatte Maikötter gerade noch ein Stück Käse herüber gereicht.

„Mhmm", stöhnte Maikötter, überwältigt von dessen Geschmack. „Wer ist tot?"

„Der Mann", stammelte Deckel. „In der Bartholomäuskapelle liegt ein toter Mann."

Die Glocken läuteten. Zu den beiden Glockentönen hatte sich jetzt noch die St. Heinrichglocke in fis gesellt. Ein Priester mit weißem Parament und schwarzem Birett mit Quaste huschte vorbei, drückte kurz einem Kartoffelverkäufer die Hand und lief auf das Paradiesportal zu.

„Ich hatte einen Parkplatz gegenüber dem Adam-und-Eva-Haus gefunden, als ich die Polizeisirenen hörte. Ich bin sofort zum Dom hochgelaufen und habe dann den Toten in der Bartholomäuskapelle gesehen."

Maikötter wurde gerade ein Käsestückchen in den Mund geschoben, das so lecker schmeckte, dass ihm ein überschwängliches „mhmm“ entfuhr.

Hin- und hergerissen zwischen Käseprobieren und Neuigkeiten aufnehmen, flüsterte er Deckel zu: „Der Käse ist aus Italien. Er schmeckt gehaltvoll ohne seine Botschaft zu übertreiben.“

„Er ist tot“, stammelte Deckel wieder. „Er ist tot.“

„Mhmm“, seufzte Maikötter ein letztes Mal der Käseverkäuferin entgegen und zog Deckel in Richtung des Domes. „Wir schauen uns das an“, sagte er bestimmt.

Vor dem Paradiesportal löste Maikötter den Priesterkragen ab. Er schaute dabei entschuldigend auf die Statue der heiligen Märtyrerin Katharina von Alexandrien, die bequem auf dem heidnischen Kaiser Maxentius stand und den Gemüsestand von Rodenbrökers beobachtete. Vor dem Café Ostermann protestierten noch immer die Kuchenfundamentalisten. „Rettet die Tortenvielfalt! Rettet die Tortenvielfalt!“

„Da ist ja der verrückte Benson“, sagte Deckel. Maikötter nickte.

Sie liefen hinter den Bänken durch den Dom. Schnell waren sie am hinteren Ausgang angelangt. Deckel schob die Rote Pforte, die hintere Tür des Domes, auf. Neben der Roten Pforte ragte das Grabmal des Fürstbischofs Theodor von Fürstenberg hervor. Maikötter blickte auf die Darstellungen von Tod und Vergänglichkeit. Er sah auf den Steinteilen links Chronos, lateinisch Tempus, die Zeit mit Sanduhr und Sense, rechts Mors, der Tod mit Bogen, Pfeil und Köcher. Ein Putto trug ein Heubündel. „Caro ut foenum“, murmelte Maikötter.

„Was ist mit foenum?“, fragte Deckel.

„Des Menschen Leib vergeht wie Heu“, flüsterte Maikötter.

Sie standen draußen, auf den Stufen vor der Roten Pforte und blickten auf die drei Polizeiautos, die vor der Bartholomäuskirche standen. Maikötter und Deckel liefen die Stufen hinunter und wurden von einem Polizisten aufgehalten.

„Wir kennen Hauptkommissar Gökke persönlich“, sagte Deckel.

Der Polizist schaute Maikötter an.

„Sind Sie Priester oder was?“, fragte er gelangweilt.

Vor ihnen öffnete sich krachend die schwere, reich verzierte Stahltür der Bartholomäuskapelle. Hauptkommissar Gökke kam herausgestürmt und zog schnaufend die Luft ein. Er hatte die Augen geschlossen und öffnete sie langsam wieder. Er zog die Nase hoch und spuckte auf den Boden.

„Kollege“, rief er dem Polizisten zu. „Das ist schon in Ordnung. Lassen sie den Priester und sein Helferlein durch.“

„Wen meint er denn mit Helferlein?“, fragte Deckel und trottete hinter Maikötter her, der dem verdutzten Polizisten seinen Schirm in die Hand gedrückt hatte.

„Sie sollen nicht leben wie ein Hund“, flüsterte Maikötter dem Polizisten zu.

Am Südende des Osttraktes der Kaiserpfalz ließ

Bischof Meinwerk 1017 durch byzantinische Bauleute die Bartholomäuskapelle errichten. Sie ist die einzige gewölbte Kirche nördlich der Alpen aus der ersten Hälfte des 11. Jahrhunderts. Das Gewölbe besteht aus drei Hängekuppeln über zwei Säulenreihen mit je drei Säulen. Alles hallt, alles knallt. Jeder Schritt, jeder Satz wird erst zum Himmel geschickt, bis er wieder nach göttlicher Prüfung polternd auf die Erde darf. Hauptkommissar Gökke schob die Bronzetür hinter sich zu, die sie krachend von der Außenwelt abschnitt. In der Kapelle war es dunkel. Obwohl die drei Scheinwerfer über der Kapellentür strahlten, mussten sich die Augen erst an die träge Dunkelheit gewöhnen. Ein wenig Licht fiel durch die fünf dickglasigen Fenster über den Altar. Das darüber hängende Kreuz warf einen großen Schatten an die Wand. Vor dem Altar lag der Tote, angelehnt wie ein Bügelbrett. Um seinen Hals schlang sich ein blau-schwarzer SC-Paderborn-07-Schal. Der Körper des Toten verdeckte fast vollständig das in den Altar gemeißelte Kreuz. Der Mann hatte weiße Turnschuhe an und trug eine hellblaue Jeans. Neben dem Leichnam lag ein Brillengestell, dem ein Bügel fehlte. Er hatte eine gelbe Regenjacke an, deren Kapuze ihm immer noch den Kopf schützte. Eine Wasserpfütze hatte sich unter ihm gebildet.

Deckel stand vor der Tür. Er hatte den Pfauentürgriff in der Hand, als wollte er sich daran festhalten. Ein Flugzeug brummte über ihnen und erinnerte an die Welt da draußen. In den sechs Holzkerzenständern standen keine Kerzen.

„Da haben wir den Salat“, brummte Hauptkommissar Gökke und legte seinen Notizblock auf die Altarplatte.

„Salat, Salat, Salat, Salat …“

Alles hallte so stark wieder, dass man sich bemühte leise zu sprechen, aber auch das hallte wieder, nur leiser. Maikötter sah auf den Toten, bekreuzigte sich und murmelte: „Homo Bulla – Der Mensch ist wie eine Seifenblase“

„Blase, Blase, Blase, Blase …“

„Was soll das denn heißen?“, fragte Hauptkommissar Gökke. „Übertreib es nicht. Sie wissen, dass es strafbar ist, sich als Priester auszugeben.“

„Geben, geben, geben, geben …“

„Es ist erlaubt, seine Trauer zu zeigen“, sagte Maikötter.

„Zeigen, zeigen, zeigen, zeigen …“

„Wenn ich dich nicht schon hassen würde“, murmelte Hauptkommissar Gökke, „dann würde ich jetzt damit beginnen.“

„Innen, innen, innen, innen …“

Er trat vor den Altar und schaute sich den Toten aus der Nähe an. Der Mann war erwürgt worden. Er war eiskalt. Er taute gerade auf, deswegen hatte sich unter ihm die Pfütze gebildet. Maikötter erinnerte sich an Gökkes Kommentar, als er die tote Susan Millwork gefunden hatte. „Nicht schon wieder.“

„Verstehe“, sagte Maikötter.

„Stehe, stehe, stehe, stehe …“

„Was verstehen Sie?“, murmelte Gökke.

„Sie, sie, sie, sie …"

„Der Schal", sagte Maikötter. „Sie scheinen in letzter Zeit viele Fußballschals gesehen zu haben."

„Haben, haben, haben, haben …"

Die schwere Kapellentür öffnete sich. Ein Geistlicher in schwarzer Soutane betrat den Raum.

Die Soutane hatte dreiunddreißig Knöpfe, die dem Alter von Jesus entsprachen, als er gekreuzigt wurde.

„Was ist hier passiert?", fragte er mit Blick auf den Toten. Ein Polizist folgte ihm, der ihn an den Schultern fasste und wieder hinauszog.

„Passiert, passiert, passiert, passiert …"

„Passiert, passiert", äffte Hauptkommissar das Echo nach und zog sein Gesicht zusammen, um seine eigene Stimme als Hall ertragen zu können.

„Passiert, passiert, passiert, passiert …"

Deckel setzte sich in eine der Nischen neben einer Halbsäule.

„Der Mann kommt aus Spanien", sagte Hauptkommissar Gökke. „Ein gewisser Paolo Sanchez Nochwas."

„Nochwas, Nochwas, Nochwas, Nochwas …"

„Ist ja gut", schrie Hauptkommissar Gökke den Hall an. „Wir haben es ja nun verstanden."

„Standen, standen, standen, standen …", konterte der Hall ungerührt.

Maikötter seufzte.

„Haben wir es hier mit einem Serienmörder zu tun?", fragte er.

„Tun, tun, tun, tun …"

Hauptkommissar Gökke zuckte bei dem Wort „Serienmörder" zusammen, als hätte jemand ihm in den Bauch geboxt.

„Hör zu, Priester", flüsterte er. „Wenn von unserem Gespräch irgendetwas nach draußen dringt, dann nehme ich dich hops. Du weißt, dass ich dich nicht leiden kann. Ich bin mir sogar sicher, dass ich Sie in einigen Momenten so hasse, dass ich Ihnen am liebsten deinen Priesterkragen in den Arsch schieben könnte."

„Könnte, könnte, könnte, könnte …"

Maikötter mochte es nicht, wenn sich Hauptkommissar Gökke in seiner Anrede zwischen duzen und siezen bewegte, noch weniger mochte er dessen verletzende Ausdrucksweise.

„Sie machen es einem wirklich schwer, sie zu mögen", sagte Maikötter.

Deckel pfiff das Kirchenlied, welches er am Morgen von seinem Onkel gehört hatte, verstummte aber, als er sich dessen bewusst wurde.

„Das ist der vierte Leichnam, den wir mit einem blau-schwarzen Fußballschal fanden", flüsterte Hauptkommissar Gökke eindringlich.

„Fanden, fanden, fanden …"

„Vier Tote, ach du Scheiße", entfuhr es Deckel so laut, dass sich alle Männer erschrocken anstarrten. Zu spät, schon hatte der Hall die ausgesprochenen Wörter zum Himmel geschickt und mit einem deutlichen Kommentar wieder auf die Erde gelassen.

Sie gingen nach draußen. Hauptkommissar Gökke

spuckte auf den Boden und tropfte sich seine Medizin in beide Nasenlöcher. Alle atmeten auf. Maikötter öffnete seinen Regenschirm, der ihm von dem Polizist herüber gereicht wurde, und hielt ihn über sich und seinen Neffen.

„Wieso bekomme ich keinen Regenschirm?", fragte Hauptkommissar Gökke und hustete wild umher.

„Sie sind doch schon krank", sagte Maikötter und wusste, dass sein Scherz nicht so gut ankommen würde.

„Ich könnte dich so zwischen meinen Händen zermalmen", sagte Hauptkommissar Gökke, „aber im Augenblick habe ich andere Sorgen."

„Was ist mit den vier Toten?", fragte Deckel ungerührt.

Hauptkommissar sprach weiter mit Maikötter, als wäre Deckel Luft und nur von bestimmten Geisterwesen zu sehen.

„Vor zwei Wochen ging das los", sagte Hauptkommissar Gökke. „Die erste Tote fanden wir im Philosophenweg. Sie hing an der Eisenbahnbrücke, die zur Driburger Straße führt."

Maikötter stellte sich das Bild der baumelnden Frau unter der Brücke vor.

„Zwei Kinder haben sie gefunden", sagte Hauptkommissar Gökke und spuckte auf den Boden. „Eine Französin, die als Au-pair-Mädchen in Paderborn arbeitete."

„War sie tiefgefroren?", fragte Maikötter.

„Wie kommen Sie auf so was?", röchelte Hauptkommissar Gökke und putzte sich die Nase. „Die Zeitungen haben Auflagen bekommen, nichts davon in die Öffentlichkeit dringen zu lassen."

Deckel schob sich zwischen die beiden Männer.

„Wir haben bei Susan Millwork und dem Spanier Auftauflecke gesehen."

Hauptkommissar Gökke lachte viel zu laut und viel zu lange.

„Ach so", sagte er. „Der falsche Priester und sein Helferlein ermitteln wohl schon in der Sache."

Maikötter schob Deckel zur Seite. Er hielt den Schirm über den Hauptkommissar, was dieser grimmig lächelnd tolerierte.

„Wo fanden Sie den zweiten Toten?", fragte er schnell.

„An der Uni", flüsterte Hauptkommissar Gökke. „Er thronte in einem der Buchstaben, die vor dem Hauptgebäude stehen."

„Welcher Buchstabe war es?", fragte Maikötter.

Hauptkommissar Gökke floh unter dem Schirm fort in den Regen.

„Warum wollen Sie das wissen?", fragte er.

„Weil es vielleicht wichtig ist", sagte Maikötter.

Die beiden Männer schauten sich an. Keiner sagte ein Wort. Man konnte sehen, wie sehr Hauptkommissar Gökke den anderen Mann mit seinem Hass hinhalten wollte.

„Ich möchte Sie morgen auf dem Präsidium sehen", murmelte Hauptkommissar Gökke plötzlich und zündete sich trotz des Regens eine Zigarette an. Der ganze hintere Domplatz war mit Aschern vollgestellt, als wollte die Kirche damit an die Vergänglichkeit erinnern.

„Morgen ist Sonntag", sagte Deckel.

„Schlaues Kerlchen", sagte Hauptkommissar Gökke. „Aus dem wird noch mal was."

„Wir kommen", sagte Maikötter. „Ich nehme an, dass war eine Vorladung?"

Der Hauptkommissar nickte.

„Ich will es mal so sagen", flüsterte er und zog die Nase hoch. „Wir kommen in diesem Fall nicht recht weiter. Ich brauche jede erdenkliche Hilfe, bevor uns ein Sondertrupp aus Bielefeld vor die Nase gesetzt wird."

Maikötter pfiff durch die Zähne.

„Wir Paderborner müssen zusammenhalten", sagte er.

Hauptkommissar Gökke winkte ab.

„Melden Sie sich morgen bei der SK blau-schwarz Paderborn", murmelte er, zog weiße Gummihandschuhe an und wollte sich gerade auf den Weg zum Tatort machen, als er sich noch mal umdrehte.

„B" ,sagte er. „Der Tote lag im Buchstaben B."

„Was wissen sie noch über ihn?", fragte Maikötter.

„Nichts", sagte Hauptkommissar Gökke. „Wir haben ihn noch nicht identifizieren können."

Hauptkommissar Gökke verschwand in der kleinen Kapelle. Krachend schloss sich die schwere Tür hinter ihm. Der Polizist, dem Maikötter seinen Schirm geliehen hatte, führte sie aus dem abgegrenzten Bereich und nahm ihnen wieder den Schirm fort.

„Was sagst du nun?“, fragte Deckel. „Paderborn ist wirklich Großstadt geworden.“

„Wie meinst du das?“, fragte Maikötter.

Deckel lachte und sagte: „Hier scheint wirklich international gemordet zu werden. Die Toten kommen doch aus allen Ländern der Welt.“

Maikötter horchte auf. Mein Neffe hat recht, dachte er, die Toten kamen wirklich aus verschiedenen Ländern. Sie waren aus Frankreich, Amerika und Spanien. Was will uns der Mörder damit sagen? Maikötter dachte nach. Er musste irgendetwas übersehen haben.

„Meinst du Onkel, dass das B in dem der zweite Tote gefunden wurde, eine tiefere Bedeutung hat?“, fragte Deckel.

„Bei diesen Morden hat alles eine tiefere Bedeutung“, sagte Maikötter.

Deckel schaute in den grauen Himmel.

„Zum Glück ist es nicht unser Fall“, sagte er.

„Das würde ich so nicht sagen“, flüsterte Maikötter. „Wenn es nach Hauptkommissar Gökke geht, dann sitzen wir alle in einem Boot.“

Deckel nickte.

„Und wie geht es weiter?“, fragte er.

Maikötter seufzte. Er hatte plötzlich genug von all den Mördern und Betrügern dieser Welt.

„Akzeptanz“, sagte er.

Deckel schüttelte ratlos den Kopf. „Was ist mit Akzeptanz?“, fragte er verwundert. „Ich wollte eher fragen, ob wir noch weiter im Fall Block ermitteln!“

„So könnte Akka seine Kneipe auch nennen“, wich Maikötter aus. „Akkazeptanz mit zwei Ks, dann könnte man dort auch tanzen.“

Ein Kuchendemonstrant kam vorbei und zeigte mit dem Zeigefinger auf sein Protestschild, auf dem für eine Demonstration vor dem Rathaus aufgerufen wurde.

„Onkel“, sagte Deckel. „Ich hasse dich.“

„Komisch“, sagte Maikötter und gab Deckel eine Kopfnuss. „Heute scheinen mich alle zu hassen.“

6. Kapitel

Er hatte später überlegt, ab wann er Angst bekommen hatte und sich gefragt, ob er früher hätte bemerken können, wie tief er in ihre Geschichten verstrickt war. Er hatte sich oft gefragt, ob Liebe so stark sein kann, dass sie alles rechtfertigen würde. Er wusste, wie ihn am Anfang ihre Wildheit angezogen hatte. Sie schaute nicht zurück. Sie war tatsächlich rücksichtslos. Er hatte nicht nur mitgemacht, sondern sie auch bestärkt und unterstützt. Er hatte ihr geholfen, um an immer ungewöhnlicheren Orten einen Platz für ihre Leidenschaften zu finden. Er hatte mitgemacht bei ihren verrückten Unternehmungen, die alle darauf hinaus gelaufen waren, sich später umso ungestümer lieben zu können. Er hatte vorher ein normales Leben geführt, war im Schützenverein gewesen, hatte sich den Karnevalsumzug angeschaut und war zu Weihnachten in den hohen Dom gegangen. Er hatte am Leben dieser Stadt teilgenommen, war Fan des SC Paderborn gewesen und hatte über die Witze von Rüdiger Hoffmann gelacht, auch wenn er sie nicht gut gefunden hatte. Das war nun vorbei. Irgendwann hatte er Angst bekommen, aber da war es für jede Vorsicht zu spät gewesen. Ein Bestatter muss auch an sein Vergnügen denken.

Er hatte ihr vorgeschlagen, in den Haxtergrund zu fahren. Er hatte ihr erzählt, wie wild und einsam diese Gegend war. Er schwärmte von Weyhers Apfelkuchen und den kreischenden Pfauen in dessen Wildgehege.

„Aus der Enge in die Weite, aus der Stadt aufs Land“, rief er begeistert. „Der große Himmel über uns, umringt von Weizenfeldern lauschen wir dem Wind. Eine Krähe kräht, wir lachen, Bautz schnuppert im Gras.“

Im Haxtergrund hatte sie zuerst mit dem Hund spazieren gehen wollen, damit ihnen nachher der Apfelkuchen noch besser schmecken würde. Sie hatte ein gelbes Kleid angezogen und sah aus wie ein Zitronenfalter. Natürlich hatte Bautz ihn erstmal angebellt, bevor er ihn mit einem Leckerli besänftigen konnte. Sie waren gerade die Warburger Straße hochgefahren, wo eine neue Einfädelungsspur immer noch für Verkehrschaos sorgte.

„Die Paderborner haben ja die wenigsten Auffahrunfälle, weil sie von allen Verkehrsteilnehmern der Welt den größten Sicherheitsabstand halten“, hatte er angegeben.

Sie hatte den Innenspiegel zu sich gedreht und hatte mit einem Lippenstift ihre Lippen nachgezogen.

„Die Ostwestfalen genießen in Europa den größten Körperabstand“, hatte er hinzugefügt. „Wir stehen am liebsten in einer Entfernung von 70 Zentimetern vor dem nächsten Zögernden. Damit erhalten wir einen größeren Freiraum zwischen den Menschen als die Finnen. Wir brauchen diesen Freiraum, um unsere Würde zu wahren.“

Später waren sie abgebogen in den Haxtergrund, waren dann auf dem Knickweg Richtung Haxterberg gelandet, an dessen Ende Schloß Hamborn zu finden ist. Irgendwann hatten sie nach einem Bauernhof links geblinkt und sich ins Tal herunter in den Quergrund rollen lassen. Bautz war sofort aus dem Auto gesprungen und hatte sich so wohl gefühlt.

Er hatte sie in den Arm genommen und beide hatten eng aneinandergeklammert tief ein- und ausgeatmet. Oh wie schön war ihnen die Welt vorgekommen. Sie hatten vor der Marienstatue gestanden und waren erfüllt von einer starken Sehnsucht nach Gott.

„Das ist der Haxtergrund?", hatte sie gefragt.

„Nein", hatte er gesagt, „dies ist der Quergrund, aber der Haxtergrund ist dort hinter dem Wald."

„Ah", hatte sie gesagt, „hinter den Bergen bei den sieben Zwergen."

Bautz hatte das saftige grüne Gras verschlungen, als wäre er eine Kuh.

„Bautz wird sich übergeben", hatte er gewarnt, aber sie hatte ihn einfach weiter fressen lassen. „Bautz weiß schon, was er tut. Muh."

Er hatte sich umgeschaut und gedacht, wie schön es hier war. Hier konnte man Tag für Tag sehen, wie die Welt sich verändert. „Hab' mich lieb", ist der Vorname des Frühlings. Alles wirbt und lockt mit hoffnungsvollen Formen. Der Strauch, ein Halm, der Baum.

„Oh, welche Verführung", hatte er geflüstert.

„Schau nur, der Himmel!", hatte sie gerufen.

Der Himmel war so blau, so einzigartig blau, so unbebaubar blau. Die meisten Unterhaltungen führte man hier über den Himmel. Der Himmel war so blau, so einzigartig blau, so unbebaubar blau. Man sah immer Menschen, die nach oben zeigten und vor Staunen schwiegen. Der Himmel war so blau, so einzigartig blau, so unbebaubar blau. Manchmal zog ein Flieger über einen hinweg und zog einen weißen Faden hinter sich her, als wäre er Herrn Weyhers Flugzeugmobile entflogen. Die Armen, hatte er dann gedacht, die fliegen nach Mallorca und ahnen nicht, dass hier die Natur ein Fest feiert.

Die Landschaft sah aus wie von einem Kind gemalt. Alles leuchtete grün und blau, als hätte das Kind nur blaue und grüne Buntstifte gehabt. O.K., hatte er gedacht, vielleicht hatte es noch einen gelben Stummel gefunden für die Rapsfelder, die den Horizont andeuten mussten. Das Tal wirkte wie wild gestrichelt. Kleine Striche für das Gras, große für die Ähren der Weizenfelder und ganz große für die Baumstümpfe. Baumkronen brauchen Kreise. Das war klar.

Sie hatten gelacht, als er davon erzählte und sie hatte sich bei ihm eingehängt, als wären sie ein ganz normales Liebespaar. Was waren sie glücklich gewesen.

Sie hatte sich gebückt. Am Wegrand standen die Pusteblumen und wollten gepustet werden. „Das sieht man doch“, hatte sie gesagt. „Das ist eine Einladung.“

„Pusteblumen erinnern mich immer an Hair und an die Afrofrisuren von Angela Davis oder Marsha Hunt.“

„Wusstest du“, hatte sie gefragt, „dass der Gestalter der Africola-Flaschen, Jupp Ernst, in Paderborn geboren wurde?“

„Was hat das denn jetzt damit zu tun?“, hatte er gefragt.

Er hatte mal Pusteblumen ohne ihren Kopfschmuck gesehen. Es hatte geregnet und alles hing kreuz und quer durcheinander wie nach einer Party. Selbst der Löwenzahn hatte noch wegen Regen geschlossen.

Sie waren so ausgelassen gewesen, dass er nicht daran denken wollte, was sie wieder in ihrem schönen Kopf aushecken würde. Alles war perfekt gewesen, nur Bautz hatte genervt mit seiner Grasfresserei und weil man mit dem Schlimmsten rechnen musste.

Ein Jogger war ihnen entgegengekommen und hatte sie gegrüßt. Inzwischen kamen ihm alle Bekannten über vierzig als Jogger entgegen. Sie standen dann vor einem und liefen auf und ab und konnten kaum sprechen vor lauter Gezappel. Er hatte damals gleich überlegt, ob er den Jogger kennen würde. Er hatte ein wenig ausgesehen wie der neu gewählte 3. Stellvertreter des Bürgermeisters, Dietrich Honervogt. Er hatte ihn gestern mit einem Blumenstrauß in der Zeitung entdeckt und gewusst, dass 3. Stellvertreter in der Anfangszeit noch überall als erste grüßen müssen, bis sie sich dann irgendwann nur noch grüßen lassen und andere neben sich haben, die dann in ihrem Auftrag zurückgrüßen.

„Was ist denn?“, hatte sie gefragt.

„Alle Bekannten, die vierzig Jahre alt geworden

sind, treffe ich nur noch beim Joggen“, hatte er zu ihr gesagt.

Sie hatte sich umgeschaut. Sie mussten vorsichtig sein. In dieser Stadt kannte jeder jeden. Hier wusste jeder gleich, was der andere tat.

Er hatte den Kopf gesenkt gehalten, als noch drei andere Männer vorbeigelaufen kamen. Er hatte gegrüßt, aber nicht nach oben geschaut. Konnte es sein, dass Bürgermeister Paus mit seinen drei Stellvertretern joggen ging? Hatte der Vorläufer der Nachhut nicht wie Heinz Paus ausgesehen und die zwei folgenden Männer wie Hackfort und Vögele, sein erster und sein zweiter Stellvertreter? Er hatte sich gefragt, wenn die vier Spitzenpolitiker gewusst hätten, an wem sie gerade vorbei gelaufen waren, ob sie dann immer noch so freundlich gewesen wären.

„Wir müssen vorsichtiger sein“, hatte er zu ihr gesagt. „Ich bin in dieser Stadt bekannt wie ein bunter Hund.“

„Jeder ist in dieser Stadt bekannt wie ein bunter Hund“, hatte sie gesagt. „Außerdem liebe ich bunte Hunde.“

Trecker hatten ihre Radspuren in Wiesen und Feldern hinterlassen. Aus langen dicken Schläuchen hatten sie ihre Gülle auf den Boden gespritzt. Er hatte auf die tiefen Spuren gestarrt, die die dicken Treckerreifen hinterlassen hatten. Die durchgezogenen Treckerspuren hatten ausgesehen wie Notenlinien. Hier hätte man ein Lied hinterlassen können mit Notenzeichen aus weißen Plastikrollen, die im Herbst das Heu bündelten: „Im Haxtergrund, im Haxtergrund, da ist man gern ein bunter Hund."

Er hatte dann die vier Jogger auf einem Baumstumpf sitzen gesehen. Alle hatten geschnauft und nach Luft geschnappt. Er hatte sie sich noch einmal angeschaut. Es war nicht die Paderborner Bürgermeisterriege gewesen. Er hatte aufgeatmet. Alles war wie immer gewesen. Die Vögel zwitscherten, die Brennnesseln rochen süßlich, ein Flugzeug zog am Himmel einen Strich.

„Ich sage doch nur", hatte er gesagt, „dass wir froh sein können, dass uns noch niemand entdeckt hat."

Sie hatte nachgedacht. Sie war sogar stehen geblieben und hatte ihn alleine weitergehen lassen. Sie hatte die Stirn in Falten gezogen und er hatte gewusst, dass sie schlechte Laune bekommen hatte.

„Hör zu Liebster", hatte sie dann gesagt, „ich will dir etwas sagen. Wenn du mich nicht mehr liebst, dann bringe ich dich um."

Er hatte sie angeschaut und gewusst, dass sie meinte, was sie sagte. Er hatte nicht gewusst, was er machen sollte. Er hatte Bautz nachgeschaut, der von einem Löwenzahn zum nächsten lief und daran schnupperte.

„Der Löwenzahn ist nicht wirklich eine Blume", hatte er gesagt. „Er ist nur schön, wenn man ihn nicht als Blume betrachtet. Wenn ich mir zum Beispiel vorstelle, dass der Löwenzahn Unkraut wäre, dann erschiene er fast schön. Wenn man Löwenzahn für die Blumenvase pflückt, dann lässt er sich gleich hängen, verliert seine wilde Anziehungskraft und sieht so hoffnungslos aus wie ein Löwe hinter Gittern. Stellt man aber einen Löwenzahn in einen Zahnputzbecher, so überrascht es doch, wie sehr er zieren kann.“

Sie hatte ihn angeschaut, als wäre sie Türsteherin bei einer Disco, die nicht bereit war Turnschuhträger hineinzulassen. Er hatte nichts gesagt, hatte aber auf sie gewartet.

„Dann verstehen wir uns also“, hatte sie gesagt und er hatte genickt.

Mitten auf einem Feld standen drei Bäume, ein roter, ein kleiner und ein üppig wuchernder, wie eine Familie, die einen Spaziergang machte. Er hatte gehofft, dass sie die Welt auch so sehen konnte, wie er sie sah, denn dann müsste sie jetzt glücklich sein. Er hatte plötzlich einen Hochsitz gesehen, der nur knapp über den Boden ragte.

„Ab wann darf sich denn ein Hochsitz „Hochsitz“ nennen?“, hatte er gefragt und fing an zu laufen. „Der muss doch ein wenig hoch sein, um wirklich als Hochsitz ernst genommen zu werden. Ein Hochsitz sollte hoch sein und eine Verlängerungsschnur sollte verlängern. Was soll man denn mit einer 1-Meter-Verlängerungsschnur verlängern? Eine 1-Meter-Verlängerungsschnur ist keine Verlängerungsschnur, sondern ein Überbrückungskabel. Wenn Lupen nicht vergrößern, Verlängerungsschnüre nicht verlängern und Hochsitze nicht mehr hoch sind, dann ist Paderborn auch eine Großstadt.“

Sie hatte endlich wieder gelacht.

„Ich sah mal einen Straßenmusiker, der konnte keine Gitarre spielen“, hatte sie gesagt. „Noch schlimmer. Er konnte nicht nur keine Gitarre spielen, er fiel auch auf durch eine aggressive Grundausstrahlung. Ich habe ihm sofort gesagt, als Straßenmusiker sollte man Gitarre spielen können und vorbeikommende Menschen erfreuen. Ich habe ihm auch gesagt, dass ich für ihn mit seiner aggressiven Grundausstrahlung in jeder Hinsicht schwarzsehen würde. Da hat er gesagt, wenn er Gitarre spielen könnte und freundlich wäre, dann wäre er kein Straßenmusiker geworden, sondern Konzertgitarrist. Das zu Hochsitzen und anderen Tiefschlägen.“

Sie hatten wieder gelacht.

„Du bringst mich zum Lachen“, hatte sie gesagt. „Du machst mir Freude.“

„Immer“, hatte er gesagt.

Bautz hatte am Wegrand gestanden und gewürgt. Das Gras war wie ein grüner Ball aus ihm heraus geschossen.

„Bald wird wieder der Flieder blüh'n“, hatte sie gesagt, „darauf freue ich mich schon.“

Er hatte lachen müssen, wie unbeeindruckt sie von Bautz' Würgerei geblieben war. Bautz hatte sich nach seinem Kotzanfall geschüttelt und war einer Krähe hinterhergerast, die auf einem Krähenstab am Ende der Weide Platz genommen hatte.

Immer mehr Trecker hatten sich auf den Feldern breit gemacht und versprühten ihre Gülle. Zum Glück hatte ein wilder Wind geweht und den Duft kreuz und quer verteilt. Sie hatten gelauscht. Man hatte keine Autogeräusche gehört. Sie waren von der wirklichen Welt abgeschnitten gewesen wie Zeitreisende. Wie in einem Kinderfilm hatte der Wind sie vorangestupst wie ein Pony. Alles war Kino gewesen. Die Landschaft ein Film, der in früheren Zeiten gedreht worden war und den es jetzt nur noch auf DVD gab. Man war durch Kulissen gegangen, in denen mal das echte Leben gespielt hatte. Da war eine verlassene Scheune, dort die Kuhtränke, die Kühe liefen frei herum, wahrscheinlich sich selbst überlassen.

Er hatte sich wohl gefühlt. Er hatte sie dann unter einem weißen Blütenbaum geküsst. Der Wind wehte und Blütenblätter hatten sie umtanzt wie in der Schlussszene eines Hollywoodfilmes. Ende.

Die Bäume hatten sich in den Himmel hineingestreckt wie Versprechungen. Wie eingepflanzte Hoffnungen hatten sie sich zum Himmel gestreckt und sie erfüllt.

„Wenn ich meinen Computer öffne, erscheint das Bild von einer Landschaft, in der immer die Sonne scheint“, hatte sie geflüstert, als würde sie ein Geheimnis verraten.

„Ich bin froh, dass ich hier nicht Rasen mähen muss“, hatte er gesagt.

Sie hatte dann den Kapellenpfad eingeschlagen. Er war hinter ihr hergelaufen, obwohl er wusste, wie mühselig dieser Weg war. Sie hatte die Kapelle zur Heiligen Seele sehen wollen. Er hatte geschwitzt und musste dauernd stehenbleiben, um Luft zu schnappen. Sie waren den Weg durch den schattigen Wald gegangen. Ein Mann war ihnen entgegengekommen, der sie grüßte und zwei Roller mit einer Hand schob. Hinter ihm war dann ein Kind ins Blickfeld gekommen, das den kleineren der Roller an sich gerissen hatte und damit den Berg hochtrampelte. Bald hatten sie vor der kleinen Kapelle gestanden. Sie hatten die kleine Glocke auf dem Dach bewundert. Sie hatten durch die geöffnete Kapellentür ins Innere geschaut. Kerzen hatten gebrannt. Das quadratische Schiff mit Flachdeck aus dem siebzehnten Jahrhundert war mit Blumen geschmückt gewesen. Bautz hatte in den kühlen Innenraum laufen wollen, aber er hatte ihn festgehalten.

„Denkst du manchmal über den Tod nach?", hatte sie gefragt.

„Wenn ich nicht darüber nachdenken würde, wer dann?", hatte er lachend gesagt.

„Hast du Angst vor dem Tod?", hatte sie gefragt und ihn dabei unter den Armen gezwickt.

Er war sehr kitzlig und zuckte bei jedem Zwicken zusammen.

„Nein", hatte er gesagt, „dafür bin ich zu kitzlig."

„Du nimmst den Tod nicht ernst, oder?", hatte sie gefragt.

Er war überrascht gewesen, wie dumm ihm diese Frage aus ihrem Mund vorgekommen war.

„Er ist nichts", hatte er gesagt. „Er ist nicht wichtig."

„Du schämst dich, oder?“, hatte sie gefragt und ihn durch ihr Kitzeln weiter nervös gemacht.

Er hatte sie an die Hand genommen. Sie hatten auf dem Platz der Kapelle gestanden. Die Bäume hatten sich durch ihre Blüten so herausgeputzt, dass man sich automatisch fragte, warum man sich an deren Feiertag nicht auch schick gemacht hatte.

„Wir gehen zu Herrn Weyher und essen dort einen Apfelkuchen mit Schlagsahne“, hatte er gesagt.

Sie hatte den Mund verzogen und geschmollt. Sie hatte noch bleiben wollen. Sie konnte es nicht leiden, wenn sie nicht ihren Willen bekam. Typisch wunderbar, hatte er gedacht.

Sie waren dann die Straße mit dem Kreuzweg hinunter gegangen. Die Straße war mit Osterglocken gesäumt gewesen. Hunderte von Osterglockensträußen hatten am Wegesrand geblüht, als hätten sie gewusst, dass heute jemand mit einem gelben Kleid vorbeikommen würde. Schilder hatten darum gebeten, diese Blumen stehen zu lassen. Dies hatte sie nicht daran gehindert sich trotzdem einen Strauß zu pflücken. Sie hatte dabei gelacht und gewusst, wie sehr sie ihn damit provozieren konnte. Er hatte aber nichts gesagt, weil es so heiß war und das Tal, in das sie noch hinablaufen mussten, so weit weg gelegen hatte. Von hier oben hatte man einen großartigen Blick ins Tal. Man sah Haxterholz und die riesigen Windräder, die den Horizont verstellten. Man war sich vorgekommen wie in einem Kinderfilm mit den Teletubbies.

Im Nachbardorf hatte eine Kuh gemuht und war bis hierhin zu hören gewesen. Gedankenversunken war ein gelber Schmetterling über ihren Weg geflattert. „Hehehe“, hatte sie gerufen. „Erst gucken. Erst rechts, dann links, dann geradeaus. Dann kommst du sicher auch nach Haus. Wie schnell einem Schmetterling was passieren kann. Was kann dem alles passieren. Wenn ich ein Schmetterling wäre, ich hätte nur Angst. Überall natürliche Feinde haben ist doch sein zweiter Vorname. Wie schützt sich denn ein Schmetterling? Vielleicht durch seine Schönheit.“

„Der sieht aus wie du“, hatte er zu ihr gesagt.

Sie hatte dann mit den Händen auf und ab gewedelt, als wollte sie voranfliegen. Sie hatte aber eher ausgesehen wie ein Postflugzeug, welches auf die Erde heruntersauste. Sie hatten sich dann angeschwiegen, so erschöpft war sie.

Er hatte sich noch an diese Frau erinnert, von der er sich vor vier Jahren getrennt hatte, und die so Angst vor Spinnen gehabt hatte. Er hatte eine dicke Riesenspinne über die Straße krabbeln sehen und wusste, dass diese Frau sich darüber so erschrocken hätte. Nun kreischte keiner auf und suchte Schutz. Welch eine Verschwendung.

Bautz schien nicht müde zu werden. Er hatte seinen Spaß, dem Geruch der Gülle zu folgen. Er wälzte sich in jedem Jaucherest des durchtränkten Grünstreifens. Er war hinter ihm hergelaufen und hatte ihn immer von den Stellen weggejagt, wo es am schlimmsten gerochen hatte. Er hatte geschwitzt, war aber zu erschöpft um seine Jacke auszuziehen und irgendwer musste sie ja dann auch tragen.

„Hier ist es schon windgeschützter", hatte er irgendwann gesagt, aber das stimmte nicht. Er hatte nur etwas sagen wollen, bevor die Stille unangenehm wurde.

Bald war es wie von selbst den Weg hinuntergegangen, wie ein Schritt nach dem andern waren sie wie von selbst hinuntergeführt worden. Einen alten geteerten Weg mit tausend hinterlassenen Spuren von Landwirtschaft und Witterung. Hähne hatten sich über Hügel angekräht. Bautz hatte aufmerksam zugehört und vor Staunen das Bellen vergessen. Sie waren endlich unten angelangt. Er hatte sein Kaugummi ausgespuckt.

„Das kostet inzwischen in Paderborn 10 Euro", hatte sie kokett gesagt.

„Deswegen tue ich es ja hier", hatte er gesagt.

Er war erschöpft gewesen. Er hatte Durst. Bautz war weit vor ihnen hergelaufen und hatte mit dem Schwanz gewedelt. Alte Bäume hatten den Kapellenpatt gesäumt. Sie hatten ein Schild entdeckt: „Diemel-Ems-Wanderweg".

„Auf dem waren wir", hatte er gesagt.

Sie hatte aber geschwiegen und in die Ferne gestarrt. Die Felder hatten süßlich gerochen. Sie waren bei der Marienstatue angekommen, wo sie ihr Auto geparkt hatten. Hinter der Marienstatue hatte eine Familie ein Picknick gemacht. Sie hatten sich vom Sultan-Grill neben der BP-Tankstelle Döner geholt und saßen nun auf der Bank und hatten den Döner in einer sonderbaren Haltung gegessen, die in etwas hineinbeißt und trotzdem versucht, dabei dem möglichen Herunterfallenden aus dem Weg zu gehen. Wo immer etwas herunterfallen konnte, machte Bautz sich so breit, wie sich ein kleiner Hund nur breit machen kann.

„Schön hier, nicht?“, hatte er zu der Familie gesagt.

Die Familie hatte sich ein wenig ertappt gefühlt und sich nicht getraut, weiter ihre Döner zu essen. Er hatte dann Bautz wieder an die Leine genommen und diesen bellend zu ihrem Auto gezogen.

„Ja“, hatte der Mann geantwortet. „Es ist schön hier. Das kommt ja nicht nur daher, dass die Sonne scheint. Da gibt es ja auch noch Schatten. Und das ist eigentlich schon schön genug für einen Nachmittag, dieses Spiel von Licht und Schatten. Aber, der Witz ist ja auch, dass ich diese Erlebnisse noch variieren kann, wenn ich meine Sonnenbrille auf- und absetze.“

Der Mann hatte seine Sonnenbrille auf- und abgesetzt und dann in den Döner gebissen, den seine Frau ihm von weitem hingehalten hatte. Er hatte Bautz ins Auto gesetzt und sie waren dann losgefahren.

„Steht eigentlich ‚Labere mich voll‘ auf meiner Stirn?“, hatte er gefragt. Da hatte sie wieder lachen müssen und Bautz an sich gedrückt. Sie waren dann zum Gasthof Weyher in den Haxtergrund gefahren. Sie hatten gegenüber dem kleinen Wildgehege geparkt, wo Pfauen gerade ihre Federn zu einem Rad ausspannten und ganz furchtbar dicke taten. Ein kleiner Hund hatte vor dem Eingang des Biergartens gelegen und über sein Leben nachgedacht. Als Bautz aus dem Auto gesprungen kam, war der Hund zu ihnen herüber stolziert wie John Wayne. Er ging fast breitbeinig und trat auf einer der hinteren Pfoten nicht auf. Bautz war sofort mit dem vierbeinigen Hund, der nur auf drei Beinen laufen konnte, mitgelaufen. Sie waren in den Biergarten gegangen. Unter einem Glasdach hatten zwei Flugzeugmodelle getanzt und ihre Propeller im Winde kreisen lassen. Eine Fahne hatte im Wind geflattert und für ein Weizenbier geworben. Es war zu frisch gewesen, um wirklich draußen sitzen zu können, aber sie hatten unter dem durchsichtigen Regendach gestanden und die Stille genossen.

Weizenfelder, die nur vom angrenzenden Wald gestoppt wurden, umgrenzten das Haus. Direkt vor dem kleinen Holztor, das den Biergarten von dem Apfelbaumfeldweg abgrenzte, fand eine Maulwurfweltmeisterschaft statt. Hunderte von kleinen Hügelchen waren aus der Erde geschossen und wollten bejubelt werden. Ein Spatz tanzte vor ihren Füßen herum und flog ihnen nach. Alles war hier schlicht, einfach und freundlich. Welch ein ausgewieftes Gasthauskonzept. Man war einfach freundlich. Sie hatte sofort ihre gute Laune wiedergefunden und umarmte ihn unter dem Flugzeugmobile. Sie waren in den Gasthof gegangen und hatten sich an die Theke gestellt. Eine Frau mit weißem Kittel war aus der Küche gekommen.

„Was darf es sein?“, hatte Frau Weyher gefragt. „Ich habe heute frischen Apfelkuchen da.“

Sie hatten sich zwei Apfelkuchen mit Schlagsahne

bestellt und Kaffee. Herr Weyher war in den Gastraum gekommen und hatte auf einem großen Tablett den Kuchen gebracht.

„Bald wird hier alles nach Bärlauch riechen“, hatte er gesagt.

„Bärlauch, mhmm, das schmeckt doch wie Knoblauch“, hatte sie gesagt.

Herr Weyher hatte gelacht und gesagt: „Im Augenblick essen alle Bärlauch“. „Für mich ist das nichts. Die Rehe fressen auch keinen Bärlauch und die wissen, was gut ist.“

Sie hatten aus dem Fenster geschaut. Über die große Brücke war ein LKW gefahren und hatte Werbung für ein Treckermuseum gemacht. Sie hatten sich umgesehen. Ein Sturm hatte hier wie ein Berserker gewütet. Große Schneisen waren in den Wald geschlagen worden und überall lagen Bäume herum, wie beim Mikadospiel der Riesen.

„Schade, dass es keinen Winter mehr gibt“, hatte Herr Weyher gesagt, „wenn es kalt wäre, könnte man das viele Holz im Kamin verheizen.“

Sie hatten den Apfelkuchen gegessen und eigentlich so etwas sagen wollen wie, dass es in Bielefeld auch leckeren Apfelkuchen geben würde. Sie hatte etwas sagen wollen wie, dass man einen Apfelkuchen nicht überbewerten sollte, aber dann hatte sie hineingebissen und nur noch „mhmm“ gemacht. Sie hatte „mhmm“ gemacht und alles um sich herum vergessen.

„Er ist vollkommen“, hatte sie dann geflüstert. „Der Apfelkuchen übertrifft alle meine Erwartungen. Ich habe es nicht für möglich gehalten, dass ein Apfelkuchen so schmecken könnte. Er schmeckt genauso, wie ein Apfelkuchen schmecken muss."

Er hatte Herrn Weyher angeschaut und beide Männer hatten wissend gelächelt.

„Es ist die Wahrheit", hatte sie noch gesagt und war dann in lauter „Mhmms" verschwunden, wie der Apfelkuchen in der Schlagsahne.

Der Eingang des Gasthofes war offen und sie hatten Bautz und den vierbeinigen Hund, der nur auf drei Beinen laufen konnte, gesehen, wie sie auf der Wiese am Raufen waren. Herr Weyher war wieder in die Küche gegangen. Sie waren die einzigen Gäste gewesen. Sie hatte ihm dann zugezwinkert.

Er hatte gewusst, was sie vorhatte. Er kannte diesen unersättlichen Blick.

„Nein", hatte er entschieden geantwortet. „Wer solchen Apfelkuchen backt, den behandelt man mit Respekt."

Sie hatte dann einen Schmollmund gezogen und ihn dabei angeblickt wie ein Feuerwerk.

„Nein", hatte er noch mal gesagt. „Ich bitte dich damit aufzuhören."

Sie hatte dann mit beiden Händen auf den Tisch geschlagen.

„So geht das nicht weiter", hatte sie dann gesagt. „Du liebst mich nicht mehr genug."

Er hatte Angst bekommen. Wenn sie in dieser Stimmung war, konnte sie fuchsteufelswild werden. Fuchsteufelswild und laut.

„Es gibt hier noch ein Wald- und Wiesencafé", hatte er schnell gesagt. „Dort könnten wir ganz ungestört sein. Dort kennt mich niemand, hoffe ich."

„Du willst mich nur abwimmeln", hatte sie dann gesagt. „Ich warne dich. Ich vergesse nie etwas."

Herr Weyher war zum Abräumen an ihren Tisch gekommen und hatte gefragt, ob sie noch Wünsche hätten.

„Es ist alles in Ordnung", hatte sie dann gesagt und er hatte laut gelacht, als hätte sie einen Witz gemacht.

Sie hatten sich dann die ganze Zeit über gestritten und erst, als sie den Abend im Hotel am Mühlenhof verbrachten, waren sie sich wieder nahe gewesen. Er hatte einen Prospekt in der Hand gehalten und daraus laut vorgelesen. Sie hatte nackt auf dem Bett mit der rosa Bettwäsche gelegen und sich die Augen zugehalten.

„Durchbrüche, Schattenpartien, lichte Flächen und assoziative Momente dynamisieren die Objekte und verstärken die Illusion eines Eingebundenseins in die räumlichen Koordinatensysteme unseres Alltags. Schmale Schlitze oder breite Öffnungen ermöglichen keine vollständigen Einblicke, Schattenzonen lassen Bereiche ohne fixierbare Grenzen und konkrete Zeitbezüge erahnen."

Sie hatte dann die Augen geöffnet, als wäre sie wie Schneewittchen nach hundertjährigem Schlaf erwacht.

„Ist das dein Hagebölling?", hatte sie gefragt.

„Nein", hatte er erstaunt gesagt, als müsste man den

Künstler anhand dieser Beschreibungen sofort erkennen.

„Wer ist es denn dann?“, hatte sie gefragt. „Das ist ja absolute Spitze.“

Die Domuhr hatte zum Gebet aufgerufen. Aus dem Restaurant unter ihnen hatte man italienische Musik gehört. Er hatte auf den Deckel des Prospektes geschaut.

„Das ist aus einem Ausstellungskatalog unseres Werner Schlegel“, hatte er gesagt und ihr die Überdecke weggezogen, die sie gerade über sich ziehen wollte. Er hatte weiter vorgelesen: „Die Konstruktionen werden plötzlich fremd und unheimlich. Aus scheinbar gegenständlichen Motiven werden Chiffren, die dem Betrachter Rätsel aufgeben. Wie soll er sie einordnen? Sind sie nah oder fern? Benennen sie eine Realität oder eine Utopie? Ist etwas in ihnen verborgen?“

Es war dunkel geworden. Bautz hatte in einem Korbsessel gedöst. Er hatte auf sie herab geblickt wie auf eine Landkarte. Er hatte plötzlich Täler und Hügel gesehen. Er hatte gedacht, dort wo ihre Nase ist, ist auch der Gasthof von Herrn Weyher.

„Sagenhaft“, hatte sie gesagt und ihre Arme ausgestreckt.

„Das sag mal“, hatte er gesagt und sich dann auf sie geworfen.

7. Kapitel

Ein schwarzer Mercedes stand auf dem Bürgersteig neben dem Autohaus Kasselmann. Drinnen saßen zwei Männer, die aussahen, als würden sie geduldig auf ihren Fahrer warten. Es regnete in Strömen und Menschen mit Regenschirmen hasteten an dem Wagen vorbei ohne nach links oder rechts zu schauen. Die Räume des Fitnessstudios waren durch Strahler und Lampen beleuchtet, obwohl es noch Tag war. Manchmal war es zu trostlos, das Licht der Welt nur der Sonne zu überlassen. Das westfälische Bistro hatte seine Eröffnung gut überstanden. Zwei Frauen saßen an einem Tisch und unterhielten sich. Lenking stand auf der Theke und riss noch eine Girlande ab. Vom Auto aus schauten Maikötter und Deckel ihm dabei zu. Deckel saß hinter dem Fahrersitz und Maikötter auf dem Beifahrersitz. Als Maikötter seine Lieblings-CD von Toto Blanke in den CD-Player geschoben hatte, stöhnte Deckel laut auf.

„Der Beifahrer bestimmt bei uns die Musik", sagte Maikötter.

Deckel wollte erst protestieren, bis das Stück „Siesta" ihn mit dem Tag versöhnte.

„Die CD wurde übrigens in der Bartholomäuskapelle aufgenommen", sagte Maikötter und schaute in den Regen.

Maikötters Handy klingelte. Der Liboritusch ertönte. Er nahm das Handy aus der Tasche, schaute auf die Nummer und nahm das Gespräch an. „Maikötter,

Überwachungen und andere Ermittlungen." Es war Frau Block, die betrogene Ehefrau des Bestatters. Sie wollte wissen, was ihr Mann in diesem Augenblick trieb.

„Wir haben sie leider verloren", sagte Maikötter. „Wir haben sie bis ins Café Ostermann verfolgen können, haben sie dann aber leider aus den Augen verloren. … Nein, es war nicht unsere Schuld. … Nein, er kann uns nicht entdeckt haben, wir gehen da sehr professionell vor. … Ich kann ihnen später in meinem Bericht alles erklären. … Also gut Frau Block, wir werden uns … Nein, wir stehen hier vor dem Fitnessstudio, diesmal können uns die Turteltäubchen nicht durch die Lappen gehen." Maikötter pustete schwer aus, bevor er das Gespräch beendete.

„Was war Onkel?", fragte Deckel.

„Sie ist sauer", sagte Maikötter. „Sie möchte endlich ein Foto von besagter Person in Händen halten, welches sie in einer eindeutigen Pose zeigt."

„Dann werden wir heute mit den beiden einen Fototermin haben", sagte Deckel entschlossen und hoffte, dass sein Onkel seine Entschlossenheit bemerken würde.

Sie waren gleich nach dem Fund des toten Spaniers zum Café Ostermann gerannt, um Block und seine Freundin abzufangen, aber die beiden waren schon verschwunden. Deckel hatte noch seine Unterschrift unter den Aufruf der Kuchenfundamentalisten, „Kuchen geht uns alle an" gesetzt, in dem zu mehr Tortenvielfalt aufgerufen wurde. Sie waren dann zu ihrem

Auto gelaufen, wo schon ein Strafmandat auf sie wartete. Sie mussten Block finden. Maikötter hatte seiner Auftraggeberin versprochen, sie über alle Schritte ihres Mannes auf dem Laufenden zu halten. Zum Glück wusste er, dass sich Block an jedem Samstagnachmittag im Fitnessstudio in der Schulze-Deulitsch-Straße einfand, wo er sich mit seiner Freundin bis zum Abend aufhielt. Sie waren dann schnell zu Deckel gefahren, wo sich dieser mit einem schwarzen Pullover und einem grauen Anorak auf das ungemütliche Frühjahrswetter einstellte. Er zog auch seinen weißen Anzug aus und stand schließlich mit Jeans und Turnschuhen vor seinem Chef. Maikötters Schwester war nicht zu Hause, deswegen konnte Maikötter im Auto warten und seine Überwachungsdaten durchgehen. Sie durften keine Fehler mehr machen.

Danach waren sie zur Schulze-Deulitsch-Straße gefahren und hatten den Wagen neben dem Autohaus geparkt. Die Tarnung war perfekt. Ein Auto stand zwischen anderen Autos an der Straßenseite. Das würde niemandem auffallen.

Das Fitnessstudio schien nie geschlossen zu haben. Es gab immer jemanden, der mit seiner Sporttasche durch die Tür des Bistros trat und dann in den hinteren Trainingsräumen verschwand.

„Diese Morde bringen alles durcheinander“, sagte Deckel plötzlich.

„Wir wissen, dass Gott bei denen, die ihn lieben, alles zum Guten führt“, sagte Maikötter. „Römer 8, 28.“

„Du hättest echt Priester werden sollen", sagte Deckel.

„Über vier Morde macht man keine Scherze", sagte Maikötter.

„Das war kein Scherz", sagte Deckel und blätterte in seiner Zeitung.

Deckel las die „Neue Westfälische", währenddessen Maikötter das „Westfälische Volksblatt" studierte.

„Sollen wir nicht mal im Fitnessstudio nachschauen, ob sich dort Block mit seiner Freundin amüsiert?", fragte Deckel. „Wir wollen doch heute einen Fotobeweis schießen."

„Am besten wäre es", sagte Maikötter, „wenn wir die beiden in einer eindeutigen Pose überraschen würden."

„Was ist denn eine eindeutige Pose, Onkel?", fragte Deckel.

Maikötter verzog seine Stirn und drehte sich zu seinem Neffen um.

„Wenn sie kommt, dann weißt du, was eine eindeutige Pose ist", sagte er.

Sie hatten bisher weder Block noch seine Freundin in die Trainingsräume gehen sehen. Sie schauten weiter in den Regen. Es strömte so aus allen Wolken, dass sie sofort bis auf die Haut nass geworden wären, wenn sie einen Schritt nach draußen gewagt hätten.

„Willst du da jetzt rausgehen?", fragte Maikötter ohne auf eine Antwort zu warten und las weiter die lokale Kulturseite. In der Paderhalle hatte wieder ein Volksmusikkonzert stattgefunden. Wenn man nach dem Programm der Paderhalle auf die Bevölkerung von Paderborn schließen wollte, dann mussten hier nur Rentner wohnen, dabei war Paderborn eine sehr junge Stadt, auch wenn man die Jugend nirgends wirklich erleben konnte. Sie hielt sich wohl an anderen Orten auf, als denen, wo sich Maikötter wohlfühlte. Maikötter blätterte um. Auf der nächsten Seite hatte Wolfram Brucks ein Foto eines Taubenbesitzers geschossen.

„Sind alle vier Tote mit einem SC-Paderborn-Schal stranguliert worden?", fragte Deckel.

Maikötter lachte.

„Konzentrier dich auf unseren Fall", sagte er. „Ich habe Angst, dass wir uns verzetteln."

„Ich kenne dich, Onkel", bohrte Deckel. „Du hast dir doch sicher deine Gedanken gemacht?"

„Wenn du mich kennen würdest", sagte Maikötter, „dann würdest du sofort Reißaus nehmen."

Er schaute aus dem Fenster. Es regnete immer noch in Strömen. Eine Nacktschnecke versuchte die Schulze-Deulitsch-Straße zu überqueren, als ein Vetter-&-Engels-LKW vorbeifuhr. Die Schnecke vergaß so ihre Straßenüberquerung, hockte auf dem Bürgersteig und schaute in das große Bistroschaufenster.

„Vielleicht solltest du mal das Gebäude umgehen und im Anbau nach unseren Turteltäubchen suchen", sagte Maikötter.

„Lenk nicht ab", sagte Deckel. „Immerhin kannte ich eine der Toten. Ich bin persönlich in den Fall involviert."

Maikötter reichte die Zeitung nach hinten. Er wollte ablenken.

„Schau dir dieses Foto an", sagte er. „Das ist ein echter Wolfram Brucks."

Deckel schob seine Zeitung nach unten. Nun hatte er das „Westfälische Volksblatt" vor der Nase. Das „Westfälische Volksblatt" war die konservative Zeitung des Kreises und die „Neue Westfälische" die Gegenstimme dazu. Beide Zeitungen waren gesegnet mit außergewöhnlichen Fotografen, die schon seit Ewigkeiten die Sehgewohnheiten der Menschen der Stadt prägten. Maikötter schätzte besonders das fotografische Werk von Wolfram Brucks, der beim „Westfälischen Volksblatt" Maßstäbe setzte.

Deckel starrte auf das Brucks-Foto. Ein Mann stand stolz in der Mitte und hatte eine Taube in der Hand. Neben ihm auf einem Tisch stand ein Pokal. Ein kleines Mädchen stand neben ihm und hielt ein Kaninchen in der Hand.

„Was soll an diesem Bild so aussagekräftig sein?", fragte Deckel. „Es kommt spießig rüber und Tauben interessieren mich sowieso nicht."

Maikötter riss wieder die Zeitung an sich.

„Banause", brummelte er vor sich hin und schaute sich selbst noch mal das Brucksche Foto an.

Deckel faltete die „Neue Westfälische" zusammen und hielt seinem Onkel ein großes Bild entgegen, welches die SPD-Politikerin Ute Berg zeigte, die vor einer Ampelanlage am Gierswall posierte.

„Das sind Bilder, die auch die Jugend ansprechen",

sagte Deckel. „Für mich ist Reinhard Rohlf bei der „NW“ einer der Könige des Genres.“

„Block, Block, Block“, sagte Maikötter, als wäre er das Echo in der Bartholomäuskapelle.

„Wir kommen noch zu unserem Fall zurück“, sagte Deckel, „ich möchte dir nur zeigen, wie Rohlf arbeitet.“

Deckel zeigte auf das Foto.

„Auf diesem Foto ist nichts gestellt. Rohlf lässt den Augenblick zu. Er stellt Ute Berg nicht einfach vor diese Ampeln, sondern er spürt instinktiv, dass die Rotphase der Ampel am besten zu ihrer roten Lederjacke passt. Die Welt steht, aber Ute Berg hat einen Plan. Rohlf untermauert damit nicht nur ihre Aussage, dass es am Gierswall zu viele Ampeldruckknöpfe gibt, sondern stellt ihr mit dem Fahrradfahrer auch noch einen neutralen Beobachter an die Seite, der bewusst unsicher auf die vielen Ampeldruckknöpfe schaut und so eine Ratlosigkeit unterstützt, die nur durch Bergs Auftreten gemildert wird. So arbeitet Rohlf. Er holt selbst aus Fotos, wo sich Schützenkönige feiern lassen, etwas Neues heraus. Rohlf schätzt den Augenblick und er liebt die Menschen. Lass es am Gierswall tatsächlich zu viele Ampeldruckknöpfe geben, Rohlf dokumentiert nicht nur, sondern ergreift Partei und schafft Klarheit.“

„Block“, sagte Maikötter noch mal. „Da kommt Block.“

Deckel war überrascht, wie sehr er sich in Rage geredet hatte. Er schaute in den Regen. Tatsächlich, der große Bestatter Block lief, eine Aktentasche über sich haltend, in das Bistro. Er schüttelte sich wie ein nasser Hund und wurde vom Bistrobetreiber Lenking lachend begrüßt.

„Ich wollte dir nur zeigen, Onkel", sagte Deckel beschwichtigend, „was die Jugend unter modernem Fotojournalismus versteht."

Maikötter lachte und rieb sich mit beiden Händen das Gesicht, als müsste er wach werden.

„So, ich will dir mal etwas erklären mein lieber Neffe", sagte er. „Ich gebe zu, dass dein Reinhard Rohlf modern und durchaus neu wirkt, trotzdem will ich dieses Taubenfoto von Wolfram Brucks nicht unterschätzt wissen."

Deckel stöhnte auf. Unbeirrt fuhr Maikötter fort: „Auf diesem Bild ist alles gestellt. Alles hat seine Bedeutung und seine Symbolik. Ich behaupte sogar, dass Wolfram Brucks das Kaninchen des Kindes vorher gekämmt hat und ihm ein Lied vorsang, damit es diesen treuen Gesichtsausdruck hinbekommt. Ich behaupte, dass die Axt an der Wand zwischen den ordentlich hingehängten Schraubenschlüsseln von Brucks gezielt eingesetzt wird, um auch an das Vergängliche des Kaninchens zu erinnern. Man achte auf den Pokal auf dem Tisch in der Garage. Er glänzt nicht, oder? Was soll uns das sagen? Ich behaupte, dass der Taubenzüchter durch das Taubenzüchten wenig Zeit mit seiner Tochter verbringt und Brucks die Traurigkeit des Kindes instinktiv bemerkt hat. Nicht umsonst läuft der Tochter die Nase, ohne dass jemand mit einem Taschentuch Abhilfe schafft. Das ist Brucks in Hochform."

Deckel putzte sich die Nase. Er musste sich gestern erkältet haben. Lang und geräuschvoll gab er sich der Handlung hin. Er drückte mit dem Taschentuch die Nase in alle Richtungen, als wäre sie aus Gummi. Danach stopfte er sich zwei Taschentuchspitzen in beide Nasenlöcher und atmete dazu geräuschvoll ein, um wirklich alle Schnöttreste beseitigt zu wissen.

„Onkel", sagte Deckel plötzlich. „Wir wollen uns nicht streiten."

„Ein Priester streitet sich nicht", sagte Maikötter.

„Onkel", sagte Deckel, „du bist kein Priester."

Maikötter drehte sich nach hinten und flüsterte: „Ich weiß, mein lieber Neffe, aber auch ein falscher Priester muss die Würde des Amtes achten."

„Warum denn das?", fragte Deckel.

„Weil er glaubwürdig sein will", sagte Maikötter. „Auch ein falscher Priester kann nur überzeugend wirken, wenn er sich für seinen Nächsten aufopfert."

Deckel lachte.

„Opfer dich mal für mich auf", sagte er, „und besorg mir einen Kaffee, Onkel."

Maikötter drehte sich wirsch um.

„Eines ist sicher", sagte er plötzlich, „unser Mörder will, dass wir alle diese Toten finden. Sie wurden an Stellen aufbewahrt, wo man sie finden musste."

„Woher weißt du, dass es ein Mörder ist und keine Mörderin?", fragte Deckel.

„Der Tote in der Bartholomäuskapelle wurde dorthin gebracht. Der Tote war groß und schwer. Eine Frau hätte das niemals geschafft", sagte Maikötter. „Außerdem gehe ich davon aus, dass der Mörder Fan ist vom SC Paderborn 07 und das ist bei aller Ausgewogenheit immer noch eher eine männliche Schwäche."

„Das kann aber auch eine bewusste Irreführung sein", sagte Deckel.

Maikötter dachte nach.

„Du hast recht", sagte er zu seinem Neffen. „Das kann eine bewusste Irreführung sein."

Sie schauten auf das Bistro. Lenking, der Bistrobetreiber, stand am Schaufenster. Maikötter vermutete, dass Lenking das Schaufenster säubern wollte, bis ihm klar wurde, dass er ihnen zuwinkte.

„Was sollen wir machen?", fragte Deckel. „Er hat uns entdeckt."

„Wir winken einfach zurück", sagte Maikötter. „Ein Priester darf zurückwinken. Alle Freundlichkeiten werden ihm verziehen."

Deckel und Maikötter winkten zurück. Der kleine Bistrobetreiber lachte und breitete seine Arme aus, als wollte er etwas fragen, auf das er selbst keine Antwort wusste. Block war nicht mehr zu sehen. Er musste sich schon in die hinteren Räume des Studios verdrückt haben.

„Lenking hat uns entdeckt", sagte Deckel noch mal. „Was sollen wir machen?"

Maikötter rückte seinen Priesterkragen zurecht. Er drückte die Beifahrertür auf und schlug die Kapuze seines Parkas über seinen Kopf.

„Wir nutzen die Gunst der Stunde“, rief er in den Wagen hinein. „Wir machen einen Ortstermin.“

Deckel zog den Reißverschluss seines Anoraks zu.

„Soll ich den Fotoapparat mitnehmen?“, fragte er.

Maikötter nickte und betrat vorsichtig den Bürgersteig, um nicht auf die Schnecke zu treten. Sie liefen in das westfälische Bistro. Lenking hielt ihnen die Tür auf und rief: „Kommen Sie herein Hochwürden. Das ist doch kein Wetter, um im Auto zu sitzen.“

Maikötter lachte und schlüpfte aus seinem Parka. Lenking nahm ihm den Parka ab und hing ihn an der Garderobe auf.

„Wollen Sie einen Kaffee trinken?“, fragte er. „Wir haben hier westfälischen Getreidekaffee anzubieten. Eine Spezialität des Hauses.“

Deckel zog seinen Anorak aus und hing ihn über seinen Stuhl. Er setzte sich an einen der Bistrotische und lächelte den beiden Frauen zu, die in einer „Brigitte“ blätterten und sich die neueste Sommermode zu Gemüte führten. So wollten sie aussehen, wie diese Models in der „Brigitte“. Deswegen war man hier und trank Weizenkaffee und aß Pumpernickel. Er schaute sich um. Im hinteren Teil des Gebäudes saß Block auf einem Fahrrad und strampelte sich ab. Der Kraftraum, in dem der Fahrradergometer stand, war durch zwei Glasscheiben einzusehen. Deckel und Block nickten sich zu, als würden sie sich kennen. Block schwitzte und strahlte wie eine Glühbirne. Aus der Frauenumkleidekabine kam eine Frau und stellte sich zu Block. Es war die Freundin von Block, die ihm sofort einen innigen Kuss gab. Das ist eine eindeutige Pose, dachte Deckel. Block und seine Freundin küssten sich viel zu lange. So lange küsst man sich nicht, wenn man in einem Fitnessstudio überschüssige Pfunde abbauen will, so küsst man sich, wenn man danach eine Torte essen will. Wenn das keine eindeutige Pose ist, dann weiß ich es auch nicht, dachte Deckel. Block hörte sofort mit dem Fahrradfahren auf und schaute besorgt auf die Herzfrequenzmessung. Sie zog ihn wieder an sich und beide verschwanden sofort im Anbau mit den Laufbändern.

„So, Hochwürden", sagte Lenking wieder, „warten kann man besser hier. Wollen Sie etwas mit Pumpernickel essen? Wir haben auch andere westfälische Spezialitäten, zu denen wir immer Paderborner Brot anbieten. Ich stelle Ihnen mal eine Kleinigkeit zusammen, oder?"

Bevor Maikötter nicken konnte, hatte sich der kleine Mann schon umgedreht und einen großen Teller aus dem Regal neben der Theke geholt. Maikötter setzte sich zu Deckel und gab ihm mit den Augen Zeichen, hinter Block herzuforschen. Deckel hatte verstanden.

„Kann ich mich mal umsehen?", fragte er sofort. „Man weiß ja nie, ob man sich mal verändern will."

„Wem sagen sie das", sagte Lenking, drückte auf seinen dicken Bauch und verschwand hinter seinem schlichten Holztresen.

Deckel stand auf und verschwand durch die Tür im hinteren Bereich des Bistros, an den sich das Fitnessstudio anschloss.

„Mach doch ein paar Fotos“, rief Maikötter ihm nach. „Dann kann man später seine Eindrücke aufarbeiten.“

Lenking stand hinter der Theke und steckte kleine Pumpernickelspieße, die er mit Gurken und Silberzwiebeln auflockerte, zusammen. Auf einem anderen Teller stellte er eine Paderborner Brottafel zusammen, wo er Paderborner Brot mit Blutwurst und Leberwurst belegte.

„Ich habe einen Mitbruder“, sagte Maikötter, „der sich bei Kasselmann einen Alfa kaufen will. Das dauert.“

Lenking kam mit den zwei Spezialitätentellern an den Tisch.

„Deswegen stehen Sie schon seit Tagen hier“, sagte Lenking treuherzig. „Wir hatten uns schon gewundert.“

„Wir?“, fragte Maikötter und nahm sich einen Spieß.

Lenking schaute sich um. Eine der beiden Frauen wollte zahlen. Er nickte, ging zu seiner Theke und zog einen Zettel aus der Kasse.

„Herr Schumacher und ich“, sagte Lenking. „Schumacher ist der Besitzer der Topp-Fitt-Kette und ich betreibe darin seine westfälischen Bistros.“

Lenking stand an dem Tisch der beiden Frauen und wechselte Geld. Er nickte den beiden Frauen zu und nahm deren Geschirr mit zur Spüle hinter der Theke.

Maikötter schaute aus dem Fenster. Es regnete immer noch in Strömen. Ein Mann mit einer großen blauen Regenhose und einer dunkelgrünen Regenjacke stand im Regen und sammelte mit einer Greifzange den Müll ein.

„Dass es hier immer regnen muss“, sagte Maikötter beiläufig, „ist eigentlich schön. Der Regen lenkt nicht ab. Er schafft Raum für das Wesentliche.“ Er drehte sich um und schaute durch die hinteren Bistroscheiben in das Fitnessstudio. Männer und Frauen standen, lagen und hingen an Kraftstationen und hoben Kurzhanteln und Gewichte in die Höhe. Sie streckten und reckten sich im ewig gleichen Rhythmus, als tanzten sie ein modernes Ballett. Er konnte in diesem Kraftraum weder Deckel noch Block und seine Freundin entdecken. Ein dicker Mann mit einem roten Trainingsanzug betrat das Bistro, umarmte Lenking und ging in den Kraftraum.

„Wir haben acht Studios über die Stadt verteilt, in denen ich die Bistros führe“, sagte Lenking. „Wenn sie sich vorstellen, Hochwürden, dass bis vor kurzem noch alle eine ungarische Küche anboten, dann können sie sich vorstellen, was wir hier im Augenblick für eine Arbeit haben.“

„Warum wechseln sie denn so schnell die Spezialitäten?“, fragte Maikötter.

„Das ist eine Macke von unserem Chef“, flüsterte Lenking plötzlich. „Wir haben unsere Küchen immer den jeweiligen neuen Partnerstädten angepasst.“

„Ich verstehe“, sagte Maikötter, der kaum zugehört hatte und im hinteren Bereich Ausschau nach Deckel hielt. Lenking wischte den Tisch vor Maikötter sauber und lachte bitter. „Das nennt man heutzutage Erlebnisgastronomie", sagte er. „Meine Bedienung hatte ungarische Trachten an und sah aus wie von einem Volkstanzfestival entführt."

Der dicke Mann mit dem roten Trainingsanzug, der vor einer halben Stunde den hinteren Fitnessraum betreten hatte, kam wieder heraus und hatte keinen Bauch mehr. Maikötter staunte.

„Hilft ein Bauchtrainer so schnell?", fragte er. „Der Mann mit dem roten Trainingsanzug war doch vor einer halben Stunde noch dick wie ein Fass."

Lenking lachte mit und schlug sich wieder auf seinen dicken Bauch.

„Nein, das täuscht jetzt", gluckste er. „Das war sein dünner Zwillingsbruder, der da durch die Tür gekommen ist. So schnell geht das auch wieder nicht."

„Sie scheinen aber gut bestückt zu sein", sagte Maikötter mit einem Blick in die Fitnessabteilung.

Lenking nickte und wischte wieder den Tisch vor Maikötter sauber.

„Wir haben alles. Wir haben Ergometer und Ellipsentrainer, Rudergräte und Hantelbänke", sagte er. „Wenn sie sich quälen wollen, dann sind sie hier genau richtig."

Ein großer Mann mit Sporttasche kam aus dem Kraftraum, setzte sich an die Theke und bestellte einen Getreidekaffee. Die Eingangstür ging auf und Schumacher, der Studiobesitzer schob sich rücklings in den Raum. Er trug eine große Kiste, in der sich Pumpernickelpakete stapelten. Schumacher nickte allen zu und stellte den Karton auf die Theke.

„Guten Tag Herr Schumacher", sagte Maikötter. „Ich weiß nicht, ob Sie sich noch an mich erinnern?"

Schumacher holte ein blaues Baumwollhandtuch hinter der Theke hervor und wischte sich damit das Gesicht ab. Er murmelte Lenking ein „dein Pumpernickel" zu und wandte sich dann zu Maikötter.

„Wer könnte diesen Abend vergessen, als sie Susan gefunden haben", sagte Schumacher mit seiner sonderbaren hohen Stimme. Er lächelte und man konnte nicht anders, als dieses Lächeln zu erwidern. Maikötter war erstaunt, wie sympathisch ihm der Fitnessbudenbesitzer geworden war. Wenn er lachte, öffnete sich sein ganzes Gesicht und man hätte ihn gern umarmt. Er hatte eine gewinnende Ausstrahlung, die ihm gleich alle Herzen zufliegen ließen. Schumacher trug eine grüne Buntfaltenhose und war angezogen, als würde draußen die Sonne scheinen. Er schaute alle freundlich an und steckte sein T-Shirt in die Hose, obwohl es gar nicht herausgerutscht war.

„Leo hat die Kleine sehr gemocht", sagte Schumacher. „Sie hat sogar manchmal im Bistro ausgeholfen."

„Leo?", fragte Maikötter.

„Das bin ich", sagte Lenking. „Susan hat mal Geld gebraucht und sie konnte gut mit Menschen umgehen, da habe ich sie in ein Piroschkakostüm gesteckt und sie hat so getan, als käme sie aus Debrecen."

„Leo liebt die westfälische Küche", sagte Schumacher. „Was meinen Sie, wie froh er ist, dass er wieder kochen darf, was er gelernt hat und sich nicht an die Küchen der jeweiligen Partnerstädte halten muss."

Maikötter schaute aus dem Fenster. Der Mann in Regenkleidung leerte nun Mülleimer in eine blaue Plastiktüte und sammelte Bierdosen ein, die rund um die Autos vom Autohaus Kasselmann lagen. Plötzlich reckte er sich, hielt sich ein Nasenloch zu und schnäuzte aus dem anderen die Schnötte in den Regen. Maikötter schaute wieder in den hinteren Teil des Studios. Er suchte seinen Neffen. Er machte sich langsam Sorgen. Was war passiert?

Deckel schlich sich durch Bodybuilder und Sportler. Es roch nach Schweiß und Körperlotion. Im letzten Anbau hingen drei Leuchtröhren nebeneinander an einer Wand und beleuchteten die aufgestellten Laufbänder. Aus zwei Lautsprechern hörte man leise Radiomusik. Auf einem Laufband stand Block und lief auf der Stelle. Vor ihm auf der Fensterbank saß seine Freundin und strahlte ihn an. Sie trug ein blaues Baumwollhandtuch um die Schultern und glühte, obwohl sie sich ausruhte. Deckel schob sich vorsichtig in den dunklen Raum und verbarg sich neben den Hanteln, die der Größe nach in einer Stahlablage auf ihren Einsatz warteten. Sie waren die einzigen Nutzer des unfreundlichen Anbaus. Deckel hielt den Fotoapparat in der Hand und wartete auf eine günstige Gelegenheit um eine eindeutige Pose abzulichten. O.K., dachte er, ich bin kein Brucks und kein Rohlf, aber eine eindeutige Pose werde ich auch noch abfotografieren können.

„Was ist, wenn er uns auf die Spur kommt?“, fragte Peter Block plötzlich.

„Vertrau mir“, sagte sie. „Ich weiß, was ich tue.“

„Ich habe Angst“, sagte er, und lief dabei so schnell, als wollte er am liebsten vor allem weglaufen, wenn er von der Stelle gekommen wäre.

„Jetzt gib nicht auf“, sagte sie. „Wir sind kurz vor dem Ziel.“

Sie hüpfte von der Fensterbank, stellte das Laufband aus und riss ihm die Handpulssensoren von den Armen. Plötzlich streifte sie ihr T-Shirt über die Schultern und drückte sich an ihn. Dies war eine eindeutige Pose, dachte Deckel. Er sprang hoch und stieß mit dem Kopf an das Regal, auf dem die Bodenmatten gelagert waren. Alles passierte nun innerhalb von Sekunden. Er wollte gerade auf den Auslöser der Kamera drücken, als er dabei das Gummiband löste, mit denen das hoffnungslos überfüllte Mattenregal gesichert war. Ehe er sich versah, schlugen die Matten auf ihn herab und begruben ihn unter sich. Er konnte nur noch schreien, die Kamera loslassen und beide Hände schützend über den Kopf halten. Er sah nichts mehr. Er wunderte sich, wie schwer diese Matten waren. Er hörte wie von ferne Stimmen, konnte aber nichts verstehen. Er lag dort wie ein Brief, den ein schwerer Briefbeschwerer unter sich gelagert hatte. Schließlich spürte er, wie die Matten von ihm gezogen wurden. Endlich konnte er sich wieder etwas bewegen. Er kroch langsam unter den letzten Matten hervor und versuchte sich aufzurichten. Er war noch zu benommen und spürte, wie ihn jemand in die Arme nahm und aufstellte wie eine umgestürzte Schachfigur. Er dachte, er würde sich schütteln, dabei stand er nur benommen neben den heruntergestürzten blauen Matten und schaute Maikötter an.

Sein Onkel stand neben ihm und ließ ihn nicht los.

„Es geht schon wieder", sagte Deckel so schwach, dass man ihn kaum verstehen konnte.

„Was ist denn passiert?", fragte Maikötter.

Deckel schaute sich um. Die Laufbänder standen verwaist am Fenster. Block und seine Freundin waren verschwunden.

„Die eindeutige Pose", murmelte Deckel. „Ich hatte sie gefunden, bis sich …"

Lenking und Schumacher kamen in den Raum gelaufen.

„Ist bei Ihnen alles in Ordnung?", kreischte Schumacher. „Wir haben den Lärm gehört."

Deckel nickte und setzte sich auf den Gummimattenberg.

„Ich habe dir schon oft gesagt, dass die Gummimatten so nicht gelagert werden dürfen", sagte Lenking.

Maikötters Handy klingelte. Der Liboritusch dröhnte durch den Raum.

„Eh, geiler Klingelton", sagte Schumacher und kratzte sich unter den Achselhöhlen.

Maikötter ging wieder in Richtung des Kraftraums. Deckel hörte wie er sein berühmtes „so" in den Hörer hauchte, als wäre nur damit das Gespräch zu ertragen. Er ging Maikötter nach, während Schumacher und Lenking die Matten wieder auf das Regal hievten.

Maikötter klappte sein Handy zusammen und blieb

vor einer Tür stehen, auf dem „Kühlraum" stand. Er drückte den Türgriff herunter, aber die Tür war verschlossen.

„Es war eine eindeutige Pose", sagte Deckel. „Ich war knapp davor, das Foto des Jahrhunderts zu schießen."

Maikötter lachte bitter.

„Hauptkommissar Gökke hat mich angerufen", sagte er plötzlich. „Der Schalmörder hat wieder zugeschlagen."

„Oh nein", stammelte Deckel. „Sie haben wieder einen Toten gefunden?"

„Nein", sagte Maikötter, „diesmal sind es zwei Tote."

Deckel befühlte seinen Kopf, fand aber keine Beule. Er hatte Glück gehabt. Ihn schmerzte nur die Stelle an der Brust, wo die Kamera gehangen hatte. Der Kamera selbst war nichts passiert.

„Oh mein Gott, das ist ein Serienkiller. Was sollen wir machen?", fragte Deckel.

„Gökke will uns sehen", sagte Maikötter.

„Gökke will uns sehen?", fragte Deckel. „Ich denke, er hasst dich."

„Natürlich hasst er mich", sagte Maikötter. „Aber er weiß auch, wie gut meine Spürnase ist."

Maikötter zog sich im Bistro seinen Parka an. Sie gingen auf die Straße. Es regnete immer noch, aber der Himmel zeigte plötzlich blaue Flecken hinter dunklen Wolken.

„Dann fahren wir nun zum Tatort?", fragte Deckel.

„Wir fahren zum Busbahnhof in die Innenstadt", sagte Maikötter.

„Und was ist mit Block?", fragte Deckel.

„Block muss warten", sagte Maikötter und setzte sich auf den Beifahrersitz des Mercedes.

„Soll ich fahren, Onkel?", fragte Deckel überflüssigerweise und streckte eine Hand aus.

Maikötter reichte ihm den Autoschlüssel herüber.

„Fahr aber nicht wieder so unstet", sagte er.

Deckel zeigte ihm den ausgestreckten Mittelfinger.

„Auch das ist eine eindeutige Pose", sagte Maikötter und drehte den CD-Player laut.

8. Kapitel

Er hatte gerade geduscht. Das Duschwasser war wie immer zu heiß gewesen. Er hatte sich nur nicht getraut, etwas während des Duschens an der Dusche zu verstellen. Er hatte Angst gehabt vor einer schockartigen Veränderung der Wassertemperatur. So hatte er nur teilweise geduscht, sich also immer mit einem Teil des Körpers außerhalb des Wasserstrahls befunden und den Rest verwöhnt, so lang er es aushielt. Er hatte sein eigenes Antischuppenshampoo benutzt. Er hatte sich mal Hotelshampoo in die Haare gerieben und war danach bei jeder Bewegung von dichtem Schuppenregen begleitet gewesen, als hätte er bei Günther Jauch die Millionenfrage beantworten können und alles wäre nach einem Tusch auf ihn heruntergerieselt. Das konnte er in seinem Beruf, wo er hauptsächlich schwarze Anzüge tragen musste, nicht gebrauchen. Er hatte sogar einen Mitarbeiter angeschrien, der ihm vor einer Trauerfeier Schuppen von den Schultern hatte wischen wollen. Er hatte geschrien: „Wenn Ihnen das so eklig ist, wie mir das eklig wäre, dann frage ich mich, in welchem Intimzusammenhang wir stehen!" Er hatte sich später für seine Entgleisung entschuldigt, aber schon da beschlossen, sich von diesem unterwürfigen Mitarbeiter bei nächster Gelegenheit zu trennen. Natürlich, hatte er gedacht, gibt es peinliche Situationen, die nur entstehen, weil man sich nicht selbst sehen kann, aber warum kommen einem alle so nah, bis sie sich von diesen Makeln gestört fühlen? Menschen hassen sich nur, weil sie sich so nahe kommen wollen. Die Enge ist der Anfang des wahrgenommenen Mundgeruchs. Er hatte einmal bei der Frau eines verstorbenen Kunden eine Spinne im Haar entdeckt und das bevor sich alle Trauernden im Einklang mit ihr zeigen wollten. Man muss dabei betonen, dass es eine sehr große und sehr hässliche Spinne gewesen war und er sich schon nach dem Entdecken der Spinne auf einen Stimmungswechsel gefasst gemacht hatte. Er hatte sich dann schnell entscheiden müssen. Aber, wer mag schon den Überbringer schlechter Nachrichten, zumal, wenn es sich dabei um einen Außenstehenden und den Bestatter gehandelt hätte? Er hatte sich dann entschieden, dem Sohn der trauernden Witwe einen Wink zu geben, da man seinem eigenen Fleisch und Blut einen solchen indiskreten Vorstoß am ehesten verzeihen musste. Man mag keine Menschen, die einen auf den Popel im Nasenloch hinwiesen, weil sie übersahen, dass sie ihn erst entdeckt hatten. Eigentlich, wenn man beschäftigt war und sich nicht zu nahe kam, verspielte sich ein Popel doch sehr schnell. Er führte seit langem einen kleinen Spiegel mit sich, mit dem er immer vor entscheidenden Treffen sein Aussehen kontrollieren konnte. Er nannte ihn „seinen Nasenspiegel“. So hatte er in dem Hotel zur Mühle, in ihrem Badezimmer, vor dem Spiegel mit dem beleuchteten Rahmen gestanden und sich seine Brille aufgesetzt. Er hatte sich eine neue Brille gekauft, mit der er aussah, als wäre er Wissenschaftler und würde in seiner Freizeit Bilder malen. Sie hatte sich sehr über seine Brille lustig gemacht.

„Ich hoffe, dass du als Brillenträger nicht noch mutiger wirst“, hatte sie gesagt. Sie würde Extrembrillenträger kennen, die von ihrem Gegenüber ausgesprochen viel Toleranz erwarten würden. Sie hatte gelästert, dass es nicht der Brillenträger ist, der sich stundenlang anschauen muss. Sie hatte gesagt, dieser wäre fein raus und könnte sich an allem überspielten Entsetzen weiden. Sie hatte gelästert, manchen Brillenträgern würde die Brille im Laufe des Gespräches immer in Richtung Nasenspitze rutschen. Sie hatte gefragt, wie man sich da als Gegenüber überhaupt konzentrieren solle. „Andere bekommen plötzlich eine weiße Nase“, hatte sie gesagt. „Sie setzen ihre Brille auf und haben eine weiße Nase, nur weil sie eine Speisekarte studieren wollen, und dann essen sie auch noch panierte Tintenfischringe.“

Sie hatte ihre Brillenträgerhasstirade abgeschlossen mit der Feststellung, dass manche Brillenträger nur eine Brille tragen würden, um im Straßenverkehr die Verkehrsschilder sehen zu können. „Was ist denn so schön an Verkehrsschildern?“, hatte sie gefragt und dabei seine Brille auf ihre Nase gesetzt.

„Wie witzig“, hatte er gesagt, es aber überhaupt nicht witzig gefunden, zumal sie mit seiner Brille aussah wie jemand, der zu sehr auf sein Äußeres achtet.

Sie hatte mal angeblich ein Date mit einem Extrembrillenträger gehabt, der eine Brille auf der Nase schweben hatte, die ihn interessanter machen sollte. Da wäre jedoch die Brille überfordert gewesen, zumal der Mann Wasserbettenhändler gewesen war und alles, wenn er ging, an ihm wackelte. Sie hatte den Wasserbettenhändler dann trotzdem ernst genommen, um ihm eine kleine Freude zu machen, bevor sie ihn in seinem Wasserbett alleine wackeln ließ. Die einzige Brille, hatte sie gesagt, die sich bei aller Schlichtheit gut den menschlichen Bedürfnissen angepasst hätte, wäre die Klobrille. „Eine schöne Klobrille“, hatte sie gesagt, „kann ich mir immer anschauen.“

Er hatte sich ein Handtuch umgebunden auf dem das „Hotel zur Mühle“ mit einem gleichnamigen Aufdruck sein Eigentum sichern wollte. Er hatte schon zwei von diesen Handtüchern zu Hause und konnte es nicht lassen, auch dieses Handtuch für einen möglichen Diebstahl wieder in Augenschein zu nehmen. Er hatte das Hotelzimmer betreten und das Licht im Badezimmer ausgemacht. Die Lüftung hatte noch nachgerauscht. Sie brauchte immer ein bisschen, um sich der allgemeinen Stimmung anzupassen. Er hatte dann zuerst nur den Hund gesehen, der ihn angestarrt hatte wie einen Fremden. Das Fenster war auf gewesen und er hatte den kleinen Wasserfall, der neben dem chinesischen Restaurant vor sich hinplätscherte, schreien gehört, als käme er aus Schaffhausen. Er hatte sie dann gesucht und sich nach ihr umgeschaut und als er sie nicht entdecken konnte, sofort gewusst, wo sie sich versteckt hatte. Es war ihr ewig gleiches Spiel gewesen, welches er aber nur noch lustlos mitspielte, weil das Ende so vorhersehbar geworden war. Er sah, dass ihre Haare unter dem Oberbett herausragten. Sie hatte sich unter dem Oberbett klein gemacht und trotzdem schaute immer noch etwas von ihr an der Seite heraus. Er hatte sich ihre Haare angeschaut und nicht an ihren Duft gedacht. Vielleicht, weil sie einen Zopf getragen hatte und nun das Haar auf den Boden wallte wie ein Tuch.

„Wo ist denn das Herrchen, Bautzilein?“, hatte er laut und deutlich gefragt.

Er hatte dabei gar nicht Bautz angesehen, sondern alles in Richtung des Bettes gesprochen. Er hatte dabei gewusst, dass sie es nicht mochte, wenn er nach dem Herrchen fragte, weil sie doch das Frauchen war. Er hatte aber auch gewusst, dass sie es mochte, wenn sie sich darüber aufregen konnte. Er hatte richtig spüren können, wie viel Mühe es sie gekostet hatte, nicht laut zu schimpfen und zu toben. Er hatte weiter nach ihr gesucht. Er hatte sogar die Schublade des Nachtkonsölchens geöffnet, um sie zum Lachen zu bringen. Sie mochte alles, was aufregend war. Sie liebte es, sich zu verstecken, um dann gefunden zu werden. Bautz hatte vor ihm Sitz gemacht. Er hatte sich ganz süß gemacht, weil er auf ein Leckerli hoffte, aber er hatte einfach mit dem Spiel weitergemacht und den verwirrten Bautz einfach dort sitzen lassen.

„Ich könnte ja mal in dem rosaumrandeten, potthässlichen Barbieschrank nachschauen“, hatte er gesagt und hatte dann laut die Türen geöffnet und übertrieben geräuschvoll mit den Kleiderbügeln gespielt. Er hatte zum Bett geschaut. Das Oberbett hatte sich bewegt und er hatte gewusst, dass sie sich vor

Lachen ausschütten musste und er hatte gedacht, wie albern doch diese Bielefelder sind. Er hatte dann vor dem Bild des heiligen Liborius gestanden und laut gerufen: „Oh heiliger Liborius, du Schutzpatron der Steinleidenden, hilf mir in dieser schweren Stunde, sonst werde ich bestimmt einen Nierenstein bekommen." Er hatte getan, als hätte er dessen Stimme gehört, und sich dem großen, knarrenden Bett genähert und einen ihrer nackten Füße unter dem Oberbett hervorgekramt.

„Was meinst du?", hatte er laut gefragt. „Hier soll ich suchen? Oh, da ist ein Bein."

Er hatte laut an dem Bein gerochen, um sie zum Lachen zu bringen und er hatte sie sich richtig vorstellen können, wie sie nun ins Kopfkissen biss, um nicht vor Glucksen zu zerplatzen. Er war dann über sich erschrocken gewesen, wie lustlos er bei dem Spiel mitmachte und auch Bautzis plötzliches Bellen nur zum Anlass nahm, ihm einen Klaps auf die Schnauze zu geben. Er hatte dann, wie immer gesagt: „Vielleicht sollte ich mal schauen, wie dieses Bein schmeckt". Und hatte ihr scherzhaft und ein wenig fester als es gut war in das Bein gebissen. Er hatte gewusst, dass sie es mochte, wenn man etwas ein wenig fester tat, als es gut war und sie hatte aufgeschrien und er hatte ausgerufen: „Oh heiliger Liborius, du hattest recht, da liegt etwas unter der Decke und ist ganz wild."

Das Handtuch war heruntergefallen und ehe er es aufheben konnte, war schon Bautz gekommen und hatte es wild hin- und herzerrend an sich genommen.

Es hatte dann an der Tür geklopft und unter der Bettdecke war ein glühend roter Kopf hervorgekommen und hatte die Augen weit aufgerissen, als wären sie bei etwas Verbotenem erwischt worden und wüssten trotzdem, es könnte ihnen deswegen nichts passieren, weil sie alt genug waren, um zu wissen, was verboten und was nicht verboten war. Sie hatten sich mit weit aufgerissenen Augen angeschaut.

„Einen Moment", hatte sie dann gerufen. „Mein Mann ist gerade unpässlich."

Er hatte nur eine Grimasse gezogen, wobei er sich ganz klein machte, als wäre er Bautz und war übertrieben hilflos um sich schauend ins Bad verschwunden. Die Badezimmertür war laut über den rosa Teppichboden geschabt. Am Schluss hatte er die Hände vorgestreckt wie der Komiker Otto und war auch in dessen typischem Ottogang ins Badezimmer geottot, um dann so wieder herauszukommen, um das Licht im Bad anzumachen und die Augen zu verdrehen, als diese überlaute Lüftung sich wieder zu Wort meldete. Sie hatte sich einen Bademantel übergezogen und hatte Herrn Glower geöffnet. Herr Glower hatte schon einen Autoschlüssel in der Hand gehabt, als wäre er auf dem Sprung und hatte ihr ein Telefonbuch hereingereicht.

„Sie wissen Frau Paus", hatte er sie mit dem falschen Namen angeredet, „dass die Rezeption nicht besetzt ist. Sie müssten also vom Zimmer aus telefonieren."

Im Badezimmer war etwas umgefallen, aber sie taten beide so, als wäre das nicht wichtig gewesen, obwohl beide automatisch in die Richtung des Badezimmers geschaut hatten. Herr Glower verabschiedete sich und wünschte noch einen schönen Aufenthalt.

„Es ist schwül geworden“, hatte er, Herr Glower, zum Abschied gesagt. „Ich denke mal, dass heute noch einiges runterkommen wird.“

Sie hatte gelacht und Bautz auf den Arm genommen, der schwanzwedelnd vor Herrn Glower gestanden hatte und nicht hatte Herr seiner Freude werden können.

„Wir hatten so lange schönes Wetter“, hatte sie gesagt, „dass man gar nicht klagen darf.“

„Ich weiß“, hatte er gesagt, „wissen Sie, was mich nur ärgert?“, hatte er sich dann in Fahrt geredet.

„Sind es die Leute, die sonnenhungrig sind?“, hatte sie gefragt, um das nun folgende Gespräch abzukürzen, weil es das Spezialthema von Herrn Glower war, der einmal damit angefangen, nicht mehr von diesem Thema lassen konnte, bis er den abschließenden versöhnlichen Satz „Und die Natur freut sich“ gesagt hatte. Er hatte schon Luft geholt und seinen Autoschlüssel dabei in der Hand kreisen lassen, als hätte er ihn dabei, um sich damit in Gang zu bringen.

„Ich ging am Dienstag, den 27. März über unseren Domplatz. Ich musste zur Sparkasse und wollte mir meine Auszüge holen“, hatte er weit ausgeholt. „Wie erstaunt war ich, als ich zwischen den beiden Cafés stand und entdeckte, dass die Außenbestuhlung des Cafés unter dem Diözesanmuseum voll angenommen worden war, während das andere Domcafé gegenüber dem Dom seine wetterfesten Stühle zwar draußen aufgereiht hatte, aber niemanden als Gast begrüßen konnte. Wie alle in der Sonne sitzen wollen, habe ich gleich gedacht. Wie aufreizend. Es gab in Paderborn eine Zeit, da wussten wir gar nicht, was Sonne ist. Da waren wir froh, wenn wir Licht hatten. Da hockten wir in dunklen Räumen und hatten Angst vor dem Tod. Heute will alles in die Sonne und cremt sich vorher nicht mal ein. Das geht doch nicht. Das hat der Schatten nicht verdient. Man soll den Schatten ehren. Was wären wir ohne Schatten? Manchmal, wenn ich meinen Schatten sehe, dann denke ich auch, so lange es meinen Schatten gibt, gibt es mich auch noch. Der Schatten hängt an mir. Mein Schatten dringt in Bereiche vor, wo ich selbst niemals hingelangen werde. Erst im Schatten kann man so richtig die Sonne genießen. Ist es Ihnen schon aufgefallen, dass viele Politiker keinen Schatten haben? Schauen Sie sich mal die Fotos in den Zeitungen an. Als hätten sie ihn verkauft, weil sie immer gut ausgeleuchtet sein wollen. Ich habe schon Menschen ohne Schatten gesehen, das war sehr unangenehm."

„Danke, Herr Glower", hatte sie gesagt, „das war sehr aufschlussreich, aber wenn es regnen wird, dann hat sich dieses Problem sowieso von selbst erledigt."

„Und die Natur freut sich", hatte Herr Glower gesagt, als sagte man so etwas immer zum Abschluss eines Paderborner Gespräches. Er war dann gegangen und hatte beim Verabschieden zum Bad herübergenickt.

Er war aus dem Bad gekommen und sie hatten beide albern gekichert, so als würde Herr Glower noch hinter der Tür stehen und lauschen.

„Was hast du mit dem Telefonbuch vor?“, hatte er gefragt und sie dabei geküsst.

„Das ist eine neue Überraschung“, hatte sie gesagt und geheimnisvoll gelächelt.

„Du immer mit deinen Überraschungen“, hatte er gesagt und beinahe Bautz einen Kuss gegeben, der sich wieder mit seinem kleinen Kopf zwischen sie gedrängelt hatte.

„Ohne meine Überraschungen“, hatte sie dann gesagt, „wäre unsere Liebe schon längst tot.“

Er war nicht darauf eingegangen, wusste aber, dass sie es ernst meinte.

„Was willst du denn nun mit dem Telefonbuch?“, hatte er noch mal gefragt.

Sie hatten sich auf dem Weg zum Bett geküsst und Bautz unterwegs abgesetzt, so als wäre er ein Koffer.

„Wir werden unser Spiel um einen neuen Mann erweitern“, sagte sie.

„Übertreib es nicht“, hatte er gesagt, ohne zu wissen, worauf sie hinauswollte.

„Doch“, hatte sie dann geantwortet.

Dann hatten sie sich auf das aufgewühlte Oberbett geschmissen und sich geküsst und geliebt. Er hatte noch ihre Hand gehalten, als sie einschlief und leise vor sich hinpfiff.

Er hatte selbst nicht bemerkt, dass er auch eingeschlafen war. Er hatte gedacht, er hätte auf dem Bett gelegen und das Spiel der Gardinen beobachtet, die sich im Wind hin und her bewegten. Plötzlich war er aufgewacht. Es war Nachmittag geworden und die Sonne schien auf ihr Bett. Er hatte auf die Sonne geachtet, die ihr Hotelzimmer in einem anderen Licht erschienen ließ.

Im Zimmer hingen an der gegenüberliegenden Wand zwei Leuchten, die sich wie goldene Untertassen in den Raum schoben. Obwohl es Tag war, waren sie an, da sie mit den Leuchten über dem Bett gekoppelt waren. Über dem Bett selbst warfen zwei Lampen mit goldenen Halterungen Lichtkreise an die Wand.

Draußen waren Tauben vorüber geflogen und man hatte die Glocken des Domes gehört. Immer wieder war Wind aufgekommen.

Die Tagesdecke hatte aufgeschlagen am Fußende gelegen. Vom kleinen runden Tisch mit der Glasplatte, der neben dem Fernseher stand, hatte sich die Glasplatte verschoben.

Er musste tief geschlafen haben. Er war vorsichtig aufgestanden und war zum Fenster gegangen. Er hatte es eigentlich schließen wollen. Er hatte nach draußen geschaut. Ein Demonstrationszug hatte sich durch das Hafenviertel bewegt. Eine kleine Menschengruppe war langsam die Mühlenstraße herunter getrottet. Ein Polizeiauto war voran gefahren und hatte den friedlichen Protest gesichert. Auf Plakaten war gegen die Übernahme der Zarnitzbäckerei protestiert worden. Ein Redner, der als Berliner verkleidet war, hatte sich in der Verkehrsinsel auf einen der Blumenkästen gestellt und sich ein Megaphon an den Mund gehalten.

„Jeder der Süßes liebt, bangt in der Paderstadt um seinen gewohnten Streuselkuchen. Die Bäckerei Fahney, die so lange Jahre die Paderstädter mit Streuselkuchen versorgt hat, hat Insolvenz angemeldet. Die Bäckerei Zarnitz wurde übernommen und überrascht meist nur am Samstag mit Streuselkuchen. Selbst bei Bäcker Lange gibt es an manchen Wochentagen keinen Streuselkuchen mehr. Was soll das?"

Er hatte dann das Fenster geschlossen und war ins Bett zurückgekehrt. Bautz musste sich während ihres Schlafens an das Fußende geschoben haben. Er hatte ihn mit dem Fuß aus dem Bett geschubst wie eine Sporttasche. Sie war davon wach geworden und hatte ihn angelächelt.

„Was ist das da draußen für ein Lärm?", hatte sie gefragt und sich gerekelt und gestreckt.

„Die demonstrieren für mehr Kuchenvielfalt", hatte er gesagt. „Die Bäckerei Zarnitz ist übernommen worden."

Sie seufzte und gähnte und riss ein großes Loch in die Welt.

„Ach ja", hatte sie gesagt, „wie heißen sie denn nun?"

Er hatte sich seine Unterhose angezogen und war wieder zum Fenster gegangen. Der Hauptredner hatte immer noch in sein Megaphon geschrien. Er hatte das Fenster wieder geöffnet und dem Redner der Kuchendemo zugehört.

„Wie soll sich der Fremde in Paderborn fühlen, wenn es hier keinen Streuselkuchen mehr gibt? Der Streuselkuchen ist mehr als ein Kuchen. Der Streuselkuchen ist ein Kulturgut. Er ist das unausgesprochene Versprechen der Menschheit, dass wir zum Mond fliegen dürfen, die Meere erforschen werden und zu Mittag auch mal Sushi essen können, aber auf eines werden wir uns immer verlassen können. Menschen kommen, Menschen gehen, Ideologien kommen, Ideologien gehen, aber der Streuselkuchen wird bleiben. Er bleibt uns als Grundlage allen Handelns. Er ist der Mutterbauch der Menschheit. Was hat schon Goethe genossen: Edle Einfalt und stille Größe. Das ist der Streuselkuchen."

Der Redner hatte sein Megaphon abgesetzt und sich umgeschaut. Er hatte plötzlich zum Fenster des Hotels zur Mühle geblickt und schien ihn direkt anzustarren.

„Ich habe mal an einem ganz normalen Wochentag im Südring einen Streuselkuchen kaufen wollen. Meinen Sie, ich wäre dort fündig geworden? Ich meine, wir reden über den Südring, da streiten sich vier Bäckereiketten um jeden Kuchenkunden. Die hatten alles dort in ihren Auslagen liegen. Identisch. Da hatte jeder seine Donauwellen aufgereiht, die weit überschätzten Herrentorten angeschnitten, die überquellenden Puddingteilchen wie offene Wunden platziert - aber meinen sie, die Leckerschlecker hätten es für nötig gehalten dem ehrwürdigen Streuselkuchen ihre Reverenz zu erweisen? Später gestand mir dann eine Zarnitzverkäuferin, dass sich dessen Anwesenheit nach Angebot und Nachfrage richten würde. Wenn dies so wäre Leute, dann hätten wir keine Kirchen mehr und Gott wäre tot. He, sag ich da nur, he Leute, seid ihr noch ganz dicht?"

Er hatte wieder das Fenster geschlossen und zu ihr gesagt: „Nein, Zarnitz heißt weiterhin Zarnitz. Der neue Bäcker hat alles so gelassen wie es ist, nur der Kaffee ist teurer geworden."

Er hatte sich dann weiter angezogen. Er hatte noch ein Gespräch mit Hinterbliebenen zu führen, die er in Wewer besuchen musste.

„Bei Mertens gibt es keine Tigerbrötchen mehr", hatte sie dann gesagt.

„Was sind denn Tigerbrötchen?", hatte er gefragt und in seinem Planer nach der Adresse in Wewer gesucht. Er hatte dann die Glasscheibe auf dem Tisch wieder in die richtige Position gebracht, damit nicht die Reste ihres türkischen Essens auf den Boden fielen. Sie hatten sich bei Frau Demir zwei Gyrosteller geholt, von denen noch einige Pommes und der Krautsalat auf den Plastiktellern waren.

„Mertens hatte eine Brötchensorte, die war oben gemustert wie ein Tiger", hatte sie gesagt und hatte auch begonnen sich anzuziehen. Sie war dazu nicht aufgestanden. Sie konnte sich im Liegen anziehen, was ihn immer erstaunt hatte, weil man dafür auch einige Sekunden fliegen musste.

„Und was war das Besondere an diesen Tigerbrötchen?", hatte er gefragt, ohne wirkliches Interesse daran zu haben, was das Besondere an einem Tigerbrötchen sein könnte.

Sie hatte sich auf den Bauch gedreht, damit er ihren BH zuhaken konnte.

„Das Besondere an einem Mertens-Tigerbrötchen war“, hatte sie dann gefaucht, „dass es einen nach dem Verzehr ganz wild auf ein zweites Tigerbrötchen gemacht hat.“

Sie hatte sich aufgerichtet. Sie hatte dabei das altmodische Telefon vom kleinen Nachtkonsölchen heruntergeschmissen, als sie tapsig nach dem Telefonbuch fingern wollte. Es hatte getutet wie ein Hilferuf und er hatte schnell den Hörer wieder auf die Gabel gelegt. Er hatte erst dann gesehen, dass es sich bei dem Telefonbuch um die Gelben Seiten gehandelt hatte. In den Gelben Seiten standen nur Firmen und Gruppen, die etwas anzubieten hatten. Bautz hatte sich erst spät über das heruntergefallene Telefon erschrocken und war kläffend zu ihr ins Bett gesprungen.

„Lass das Bautz“, hatte sie gesagt, hatte ihn dann aber trotzdem festgehalten und wild gestreichelt. „Weißt du eigentlich, dass Bautz unter seinem schwarzen Oberfell ein so weißes Unterfell hat, das man auf ihm schreiben kann?“

Er hatte gewusst, dass Bautz fluste und seine Flusen eher weiß waren. Er hatte den Kopf geschüttelt und so getan, als wäre er daran interessiert.

„Man kann auf Bautz Buchstaben schreiben“, hatte sie dann gesagt. „Ich kann ihn so als Einkaufszettel nutzen, wenn ich Angst habe etwas zu vergessen.“

Sie hatte Bautz wie ein Blatt Papier vor sich gelegt und war ihm mit dem Finger durch sein Oberfell gefahren. Er hatte ein graues „D“ erkennen können, welches so lange auftauchte, bis Bautz sich losgemacht hatte und auf dem Oberbett wälzte.

„Was soll denn „D“ bedeuten?“, hatte er gefragt. „Doofmann?“

Sie hatte in den gelben Seiten des Telefonbuches geblättert und war stumm geblieben.

„Suchst du einen Dachdecker?“, hatte er dann gefragt.

Es war immer noch schwül gewesen. Er hätte gerne wieder geduscht. Er hätte gerne das Duschwasser angestellt und wäre dann in die Duschkabine gestiegen wie in ein Regenland. Er hatte aus dem Fenster geschaut und sich gewundert, dass die Demonstranten noch immer am Demonstrieren waren. Es hatte aber inzwischen auch nach Regen ausgesehen und alle Redner redeten schneller und schauten immer nach oben, als könnte sie ein Blitz erschlagen. Der Streuselkuchen war noch immer in jeder Rede aufgetaucht, als gebe es nichts Wichtigeres auf der Welt als den Streuselkuchen. Er hatte sich gewundert, dass alle so viel klatschten, obwohl man kaum etwas von dem Redner verstand, so verzerrt quälten sich seine Sätze aus dem Megaphon.

„Datenverarbeitung, Dialysezentren“, hatte sie geträllert, als sie die Gelben Seiten durchblätterte. „Desinfektionen, Dessous, Detekteien“, hatte sie weiter vorgelesen.

„Was ist mit den Dessous?", hatte er gefragt und den Himmel abgesucht nach Gewitterboten.

„Nichts ist mit Dessous", hatte sie dann gesagt. „Wir kaufen uns einen Detektiv."

Er hatte noch einen Blick aus dem Fenster geworfen, bis ihm die Bedeutung ihrer Worte klar wurde.

Der Redner hatte das Megaphon lauter gestellt. Seine Worte waren wie Donnerschläge zu ihm heraufgekommen: „Wir fordern Kuchenvielfalt. Paderborn ist eine Tortenstadt. In jedem dritten Laden wird Brot und Kuchen verkauft, da ist es wichtig, dass man sich voneinander abgrenzt. Auch einen Streuselkuchen kann man mit Rosinen und ohne Rosinen anbieten, wobei der Streuselkuchen mit Rosinen genauso viel kostet wie der Streuselkuchen ohne Rosinen. Da verstehe man die Welt. Ich weiß, dass Jugendliche Streuselkuchen nicht mögen. Jugendliche wollen Ablenkung. Jugendliche wollen Blendwerk. Die Jugend steht auf Übertreibung. Ein Streuselkuchen ist schlicht. Er gibt nicht an. Er macht einem nichts vor und will nicht als mehr erscheinen als er ist. Der Streuselkuchen steht am Anfang und am Ende aller Erfahrung. Wenn man alles probiert hat, alles versucht hat, alles gegessen hat, wird man sich auf den Streuselkuchen besinnen als wahrhaftigen Kuchen. Jede Übertreibung ist nicht gut. Der Streuselkuchen übertreibt nicht, aber mit ihm fängt sie an."

Er hatte sich vom Fenster abgewandt.

„Du brauchst einen Detektiv?", hatte er ungläubig gefragt.

Sie hatte genickt und den Hörer des Telefons abgenommen. Sie hatte die Null gewählt, um nach draußen telefonieren zu können.

„Wozu brauchst du einen Detektiv?“, hatte er gefragt. „Was sollen wir überwachen lassen?“

Sie hatte geheimnisvoll gelächelt und einen Knopf gedrückt, der plötzlich eine fremde Stimme in den Raum dringen ließ.

„Hier Detektei Maikötter, Überwachungen aller Art“, hatte die Stimme sich gemeldet.

Er wollte etwas sagen, doch sie hatte den Zeigefinger auf ihre Lippen gelegt und sich dann an den Detektiv gewandt.

„Mein Name ist Block“, hatte sie gesagt. „Edeltraud Block. Mein Mann betrügt mich.“

Am anderen Ende der Leitung war es still. Schließlich fragte die Stimme: „Das tut mir leid. Das Leben ist so. Was kann ich für Sie tun?“

„Ich möchte, dass Sie jeden Schritt meines Mannes überwachen“, hatte sie gesagt. „Machen sie Fotos von ihm und dieser Schlampe. Ich möchte wissen, gegen wen er mich eingetauscht hat.“

Er hatte fassungslos zugehört. Jetzt war sie zu weit gegangen. Jetzt war sie entschieden zu weit gegangen. Das konnte doch nicht sein, dass sie einen Detektiv beauftragen wollte, der sie beschatten und verfolgen sollte, um ihrer Liebe einen neuen Reiz zu geben.

Er hatte noch gewartet, bis sie dem Schnüffler den Auftrag bestätigt hatte und ihn wissen ließ, dass sie als Ehefrau im Hintergrund bleiben wolle, damit die ganze Geschichte für sie nicht zu schmerzhaft ausfiel.

„Du ausgekochtes Luder“, hatte er geflüstert. „Du bist ein ausgekochtes Luder.“

„Sie hören dann von mir, Herr Maikötter“, hatte sie das Gespräch beendet. „Ich erwarte bald Ergebnisse. Sie bekommen erstmal von mir Infos, damit Sie meinen Mann rundum überwachen können.“

„Verlassen Sie sich auf mich, Frau Block“, hatte die Stimme gesagt. „Der Fall ist bei mir in guten Händen.“

Dann hatte sie aufgelegt und sich die Hand vor den Mund gehalten. Sie sagte nichts und hatte auf seine Reaktion gewartet.

„Wer betrügt hier wen mit wem?“, hatte er dann gefragt.

Sie hatte ihn immer noch angeschaut. Es war dieser Ich-habe-doch-nur-einen-Detektiv-beauftragt,-der-uns-beschatten-und-verfolgen-soll,-damit-unsere-Liebe-einen-neuen-Reiz- bekommt-Blick gewesen, mit dem sie ihn immer herumbekommen hatte.

„Andere geben viel Geld für einen Urlaub aus“, hatte sie gesagt und einen Schmollmund gezogen. „Wir lassen uns selbst überwachen.“

„Und wenn er dem Schwindel auf die Schliche kommt?“, hatte er gefragt.

„Dann ist er ein Superdetektiv“, hatte sie gesagt. „Aber so lange wir ihn gut bezahlen, kann er uns doch bei allem zuschauen, was wir machen, oder?“

Dann hatte sie ihn zu sich herüber gezogen.

„Und wir machen doch nichts Verbotenes, oder?“,

hatte sie geflüstert. „Was wir machen, kann doch jeder sehen.“

Er hatte sie nicht geküsst, obwohl sie ihn küssen wollte.

„Was wirst du ihm mailen, wo sich Block mit seiner Schlampe treffen wird?“, hatte er schon zustimmend gefragt.

„Warte es ab“, hatte sie neckisch gesagt. „Ich habe als erstes gedacht, dass du mal wieder Sport treiben solltest.“

„Nein“, hatte er ausgerufen.

„Doch“, hatte sie gesagt. „Er wird uns morgen im Fitnessstudio beschatten.“

„Du bist der Teufel“, hatte er gesagt.

„Ich weiß“, hatte sie gesagt. „Ich weiß.“

9. Kapitel

Eine Feder schwebte aus dem Nichts auf den Boden. Oh, ein Engelsbeweis, dachte Maikötter. Über ihm war kein Baum und kein Dach, auch kein Vogel flog vorbei. Nur eine weiße Feder schwebte auf den Boden und verzauberte für einen Augenblick die Gedanken. Maikötter und Deckel liefen über den großen Marktplatz. Es regnete nicht mehr. Trotzdem rauschte es unter ihnen, als würde die Stadt ins Meer abdriften. Aus allen Kanälen, Öffnungen und Löchern lief der Regen ab. Alles Nasse versammelte sich und drängte in unterirdische Bereiche.

Der Markt war vorüber und der Platz glänzte wie ein Kinderpopo. Einsame Salatblattreste lagen auf dem Kopfsteinpflaster wie Kopfsteinpflasterschoner, platt gefahrene Erdbeerköpfe quetschten sich in Ritzen und wurden Beute der Marktplatztauben. Die Männer der städtischen Müllabfuhr hatten wieder ganze Arbeit geleistet. Die Samurais der öffentlichen Ordnung waren mit ihren ungewöhnlichen Fahrzeugen gekommen und hatten gefegt, geputzt und gewienert, dass man vom Boden lecken konnte. Eine Oma stand an der noch nicht abgebauten Würstchenbude und blies einen Luftballon auf. „Oma platzt, Oma platzt!“, rief der kleine Junge vor ihr, aber zum Glück platzte nur der Luftballon. Die Parkplätze waren wieder zum Parken freigegeben. Maikötter zog sich einen Parkzettel. Das vorher in den Schlitz geschobene Geld machte sich noch einmal bemerkbar. Es sackte so geräuschvoll in untere Bereiche, dass Maikötter automatisch mit dem Zeigefinger in der Geldrückgabe herumfischte, weil er dachte, dass das Geld dort gelandet war.

„Was ist mit den neuen Opfern?“, fragte Deckel. „Wurden sie stranguliert?“

Maikötter nickte.

„Beide Toten wurden mit einem SC-Paderborn-07-Schal erwürgt“, sagte Maikötter.

„Dann weiß die Polizei doch, in welchen Kreisen sie nachzuforschen hat“, sagte Deckel.

„Wenn der Fall so klar auf der Hand liegen würde“, sagte Maikötter, „dann würde uns Hauptkommissar Gökke nicht um unsere Hilfe bitten.“

Deckel wich einem Fahrradfahrer aus, der genau zwischen ihnen hindurchzischte.

„Für einen Mann, der dich so hasst, ist das eine ungewöhnliche Bitte“, sagte Deckel.

Maikötter schaute unzufrieden auf das Geldrückgabefach.

„In einem solchen Fall stehen persönliche Vorbehalte hintenan“, sagte Maikötter. „Hier geht es um die Sicherheit unserer Heimatstadt, da muss man an einem Strang ziehen.“

Er gab Deckel den Parkzettel und suchte noch mal das Geldrückgabefach mit einem Finger ab. Das Geräusch des herunterfallenden Geldes war so deutlich in diese Richtung gefallen, dass nur ein Tauber nicht noch mal in diesem Bereich gesucht hätte. Das Fach war aber leer. Natürlich, dachte Maikötter und war sich trotzdem nicht ganz sicher.

Eine Frau mit kurzen Hosen drängelte sich an ihm zu dem Parkscheinautomaten vorbei. Auch sie warf oben das Geld in den Schlitz und prokelte dann unten mit dem Finger in dem Geldrückgabefach herum. Auch sie fand dort nichts vor, was das Fingerprokeln gerechtfertigt hätte.

„Sonderbar“, sprach sie zu sich.

„Was ist sonderbar?“, fragte Maikötter mit ernstem Gesicht.

Sie schaute ihn verwundert an, schien dann aber nicht überrascht in dieser Stadt einen Priester zu erblicken.

„Es ist sonderbar, Hochwürden“, sagte sie, „dass das Geld dort nicht auftaucht, wo es deutlich hingefallen ist.“

Maikötter nickte und ging auch selbst noch mal mit seinem Finger in die Geldrückgabeausgabe.

„Es ist schlimm genug, dass man für das bloße Stehenlassen eines Autos Geld bezahlen muss“, sagte die Frau, „es muss dann nicht noch so verschwinden, dass man denkt, es könnte wieder da sein.“

Maikötter wusste nicht, was er sagen sollte. Er sagte erst einmal „so“ und nickte dauernd mit dem Kopf.

„Ich werde für Sie beten“, sagte er dann und ging würdevoll hinter seinem Neffen her, der schon auf dem Weg zum Busbahnhof war. Er sah noch, wie die Frau wieder das Geldrückgabefach nach Geld absuchte, dann aber entschlossen ihren Weg zum Weinhaus Goertz antrat.

Die Stadt war leer. Obwohl noch einige Geschäfte

am Samstagnachmittag geöffnet hatten, nahmen nur wenige Kunden den Service in Anspruch. Vor dem Rathaus standen noch einige Demonstranten, die Unterschriften für mehr Kuchenvielfalt sammelten. Maikötter zog Deckel in den Eingang der Sparkasse.

„Dort ist Ewald Benson", sagte er, „der Autoverkäufer mit dem schwarzen Zopf."

„Wo?", fragte Deckel.

„Du kannst ihn gut erkennen, obwohl er seinen Zopf geöffnet hat", sagte Maikötter.

„Ich erinnere mich an seine kurzen Hosen", sagte Deckel.

„Schau nicht so auffällig hin", sagte Maikötter.

Deckel pfiff, bis ihm auffiel, wie auffällig es ist, wenn jemand, der nicht auffallen will, plötzlich anfängt zu pfeifen.

„Benson ist immer in der Nähe, wenn ein Mord passiert. Ist das ein Zufall?", sagte er.

„In einer kleinen Stadt ist jeder in der Nähe von dem Ort, wo ein Mord passiert", flüsterte Maikötter.

„Hast du ihn in Verdacht, Onkel?", fragte Deckel.

„Wer weiß", sagte Maikötter geheimnisvoll. „Eigentlich neigen Kuchenliebhaber nicht zu brutalen Übergriffen. Außer …"

Maikötter stockte. „Außer was?", fragte Deckel.

„Außer es geht um das letzte Stück Torte", sagte Maikötter und lachte.

Benson stellte sich plötzlich auf einen Stuhl. Obwohl die Menschen, die den Stand umlagerten ganz nah waren, schrie er in ein Megaphon: „Ich weiß noch, als wir in Paderborn Fastenzeit hatten. Ich war bei Zarnitz und wollte mir ein Brot holen, da sah ich, dass trotz Fastenzeit die gesamte Auslage mit Berlinern und Puddingteilchen vollgestellt war. Ich habe gleich gesagt, aber hallo, wir haben doch Fastenzeit. Wäre es nicht sinnvoller, den leckeren Kuchen und die süßen Teilchen in dieser Zeit aus dem Sortiment zu nehmen? Da schaute mich Frau Zarnitz ganz erstaunt an und sagte, dass sie aus Respekt vor andersgläubigen Kunden nicht auf ihr übliches Kuchenprogramm verzichten will. Ich dachte, das ist in Ordnung, aber dann sollte man trotzdem aus Respekt vor den Kunden, die die Fastenzeit einhalten, alle Süßigkeiten und Leckereien in dieser Zeit abdecken. Wir Kuchenfreunde sind auch nicht aus Pappe. Unser Herz ist aus Marzipan und unsere Ohren aus Blätterteig. Wir haben auch mit dem Teufel zu ringen. So leicht fällt uns die Fastenzeit nicht, dass wir mit links all diesen Versuchungen trotzen können und dabei schließe ich gerade den Streuselkuchen nicht aus. Er ist der Anfang jeder Sünde."

Maikötter und Deckel gingen weiter. Maikötter sagte plötzlich: „Wer mehr Streuselkuchen fordert, nimmt diesem bescheidenen Kuchenstück seine Selbstverständlichkeit. Es ist für den Streuselkuchen besser, mit Stolz unterzugehen, als durch solche Aktionen künstlich am Leben gehalten zu werden. Eine Welt, in der dem Streuselkuchen kein Platz eingeräumt wird, hat diesen Kuchen nicht verdient. Es ist besser sich an etwas Wundervolles zu erinnern, als dieses Wundervolle in einen Zusammenhang zu stellen, wo ihm jedes Geheimnis und jedes Alltägliche, also genau das, was ihn früher mal ausgemacht hat, geraubt wird. Der Streuselkuchen schmeckt nur dann, wenn er nichts Besonderes zu sein braucht. Das ist so sicher wie das Amen in der Kirche."

Deckel seufzte und strich sich mit der rechten Hand über Mund und Kinn.

„Sei mir nicht böse", flüsterte er, „aber ich möchte im Augenblick nichts mehr über Streuselkuchen hören."

Vor einigen Cafés saßen Paderborner und nutzten die regenfreien Augenblicke, um fröhlich mit ihrem Handy zu telefonieren. Nichts hat das Erscheinungsbild des Ostwestfalen mehr verändert, als das Zulassen von Handys in der Öffentlichkeit. Plötzlich konnte man den Ostwestfalen von einer unbekannten Seite erleben. Plötzlich hörte man ihn in aller Öffentlichkeit lachen, ohne dafür wie früher in den Keller gehen zu müssen. Gefühle wurden gezeigt und man schämte sich nicht mehr dafür. Manche hielten sich sogar ihr Handy ans Ohr, um dann schluchzend ihren Anrufbeantworter vollzuweinen. So genossen die zurückhaltenden Ostwestfalen diese neue Offenheit in vollen Zügen, auch wenn es ihnen nicht immer stand.

Heute konnte man in den Cafés auch Paderborner entdecken, die eine Zeitung lasen oder den schlichten Geschichten der Stadt folgen wollten. Da gab es gerade an diesem Samstag nicht viel zu erleben. Der Brunnen, der Kump vor dem Rathaus, war mit Waschmittel gefüllt worden und quoll vor lauter Seifenschaum über, als hätten Engel gebadet. Manche dachten, in Kleinstädten sollten Cafébesucher nicht nur dort sitzen, um Vorübergehende beobachten zu können, sondern auch selbst nach einiger Zeit hin und her gehen, um neuen Cafébesuchern selbst dieses Vergnügen zu gönnen. Man konnte nur Menschen in aller Unschuld beobachten, wenn sie sich dessen nicht bewusst waren. Im Augenblick konnte man einen Priester beobachten, der von einem jungen Mann mit schwarzen kurzen Haaren begleitet wurde. Der Priester ging für einen Priester sehr schnell, zog sich an der Marienstatue seinen Priesterkragen unter dem Hemdkragen hervor und steckte ihn in eine Tasche seines Parkas.

Maikötter und Deckel gingen die kleine Unterführung neben der neu eröffneten Thaliabuchhandlung hindurch und standen bei McDonalds auf dem Königsplatz. Warum der Königsplatz ausgerechnet „Königsplatz" hieß, wird wohl auf ewig sein Geheimnis bleiben, dachte Maikötter wie immer, wenn er sich hier umschaute. Nichts hier war königlich oder glänzte vor Freude und blendete die Augen. Tatsache war, dass sich viele Architekturstudenten aus der ganzen Welt hier einfanden, um am Königsplatz zu zeigen, dass man niemals einen Platz Königsplatz nennen darf, wenn er so herzlos aussah wie in einem Computerspiel. Eine Zeitlang konnte man hier den Paderborner Weihnachtsmarkt besuchen. Er war auf dem Königsplatz so fehl am Platz gewesen, wie ein Kinderparadies im Gewerbegebiet. Es gab Jahre, da durften die Kinderkarusselle keine Weihnachtsmusik spielen, um die Anwohner nicht mit diesen Klängen zu verunsichern. Man kann sich vorstellen, wie stimmungsvoll dieses Stummfilmszenario die Kinderherzen leuchten ließ.

Der falsche Priester und sein Neffe liefen auf den Kaufhof zu, gingen die Treppe zur Königstraße neben dem Brockmannhaus herunter und standen plötzlich in einer anderen Welt.

„Wie mutig von Optik Jürgens, hier unter dem hässlichen Königsplatz, direkt neben der Einfahrt zur Tiefgarage, einen Brillenladen zu betreiben", sagte Maikötter.

„Vielleicht machen sie ihren Hauptumsatz mit rosa Brillen", sagte Deckel.

Sie gingen weiter und passten auf, wo sie hintraten. Überall klebte Taubenscheiße auf dem grauen Asphalt, aber man sah keine Tauben. Hier schien ihr Klo zu sein, leben taten sie woanders. In einem Hinterhof neben dem Abendlokal Savoy stand ein kaputter Geschirrspülautomat neben einem kaputten Kühlschrank. Auf dem kaputten Geschirrautomaten saß ein rauchender Getränkeauslieferer und wartete darauf, dass er Getränke ausliefern konnte. Daneben hatte die „Taverne", ein griechischer Nachtschuppen, noch geschlossen, da sie erst in den letzten Stunden der Nacht ihre Kunden erwartete. Überall lockten Spielbuden neben Schildern wie „Wer hier parkt wird abgeschleppt", aber auf allen Bürgersteigen parkten Autos und versperrten den Abschleppautos die Einfahrt zu ihren Sonderkommandos. In der Königsstraße und der Marienstraße hatten sich Schnäppchencenter, Restetruhen, Billiggalerien und Ein-Euroshops breitgemacht. Schmutzige Treppenstufen verbanden die Läden miteinander und führten irgendwo hin, wo man nicht hin wollte. Maikötter schaute sich um. Am Anfang der Marienstraße schockte das Sporthaus Filter mit einem Schaufenster voller Karnevalsartikel. Monster standen neben Vampiren, Mörder neben Boxenludern.

„Mein Gott", murmelte Maikötter. „Was haben wir getan? Diese Welt haben wir nicht verdient."

Zum Glück entdeckten sie bald Broer´s Currywurst-Stand, der am Rand des Buswendeplatzes für einen roten Hoffnungsstreifen sorgte. Sie liefen über die Haltestelle. Ein Bus der Linie 6 fuhr von der Marienstraße in den Wendekreis. Auf seinem Hinterteil stand: „Kommst du müde von der Feier, fahr mit Taxi Hermesmeyer."

Besser konnte man die Sehnsucht nach Hilfe in Extremsituationen nicht ausdrücken. Kommst du müde von der Feier, fahr mit Taxi Hermesmeyer. So sollte die Welt sein, dachte Maikötter. Man ist müde. Man war auf einer Feier. Man hat mehr getrunken als man wollte, um Gespräche und Menschen auszuhalten. Man fühlt sich einsam. Man fühlt sich allein. Da strahlt ein gelber Stern in der Nacht. Es ist das einladende Freischild von Taxi Hermesmeyer.

In einer Stadt, in der man alles zu Fuß erreichen

konnte, hatten es Taxifahrer doppelt schwer, ihre Kundschaft einzusammeln. Zum Glück trieb der stetige Regen die nassen Katzen geradewegs in deren Arme und schuf einen natürlichen Ausgleich.

Der Wind wurde stärker und dunkle Wolken machten sich am Himmel breit. Es donnerte und dicke Tropfen platschten auf die Straße. Es fing wieder an zu regnen, aber Maikötter und Deckel blieben trocken. Der Busbahnhof war überdacht und man sah den Regen nur von ferne am Marienplatz herunterschrammen. Maikötter atmete tief ein.

„Eigentlich liebe ich Regen“, sagte er. „Schlechtes Wetter ist ein zuverlässiger Freund.“

„Ist das denn normal?“, sagte Deckel, der froh war, dass er nicht nass wurde.

„Wenn ich keinen Regen lieben würde, dann würde ich nicht in Paderborn wohnen, sondern in Rom“, sagte Maikötter. „Ich mag Regen und Glockengeläut, darum ist es normal, dass ich mich in Paderborn zu Hause fühle.“

Maikötter und Deckel suchten nach dem Einsatzkommando der Polizei. Im hinteren Bereich des Busbahnhofes, wo ein Parkplatz die Einfahrt zur Tiefgarage umsäumte, sahen sie endlich Hauptkommissar Gökke zwischen vier Einsatzwagen stehen. Er rauchte eine Zigarette und sah krank und müde aus. Sie liefen zu ihm. Deckel hielt sich die Nase zu. Alles stank nach Urin und Taubenscheiße. Sie waren umgeben von verbrauchter Luft. Ein stetiges Brummen war zu hören, sodass man es bald nicht mehr wahrnahm.

„Das einzige, was hier sauber ist“, murmelte Deckel, „sind die Mülleimer und die sind nicht benutzt.“

Ein Krankenwagen fuhr über die Marienstraße und hielt in der Einfahrt neben dem Schleckermarkt.

„Wenn wir noch die Toten sehen wollen“, sagte Maikötter, „dann sollten wir uns beeilen.“

Hauptkommissar Gökke rieb sich die Augen und gähnte. Er zeigte mit einer Hand auf die Einfahrt der Tiefgarage, aus der gerade ein Mercedes hochschoss. Maikötter sprang zur Seite. Neonröhren beleuchteten das Parkdeck. Hinter Säulen standen Männer und gingen ihren dunklen Geschäften nach. Überall lagen Plastiktüten herum. Neben einer Treppe saßen die beiden Leichen Rücken an Rücken gelehnt wie Buchstützen. Über ihnen hing ein verschmutztes Schild: „Debrecen: Ungarische Spezialitäten.“ Beide Männer trugen einen SC-Paderborn-07-Schal um den Hals, als kämen sie gerade von einem Fußballspiel ihrer Lieblingsmannschaft.

Deckel wandte sich ab. Er hatte in diesen zwei Tagen mehr Tote gesehen, als in seinem ganzen bisherigen Leben. Was ging hier vor, dachte er. Er suchte seinen Onkel, der nachdenklich über den Parkplatz wanderte.

„Was ist los, Priester?“, rief Hauptkommissar Gökke. „Verfolgst du schon eine Spur?“

Die Tür über der Treppe war geöffnet. Man sah die Königsstraße und das Schaufenster der Firma Schlecker im Düstern. Zwei Sanitäter liefen mit einer

Bahre die Treppe herunter. Sie stellten sich vor das geöffnete Rolltor der LKW-Anlieferungszone von Plus. Maikötter ging die Treppe hinauf und atmete frische Luft ein. So konnte er auch den Regen genießen, der trommelnd auf die Paderstadt herunterprasselte. Der Mörder muss durch diese Tür gekommen sein, dachte Maikötter. Er muss Hilfe gehabt haben. Kein Mensch schafft es, zwei Leichen unbemerkt durch die Stadt zu tragen, dachte Maikötter, außer sie waren eingefroren und verborgen. Genau, dachte Maikötter, der Mörder muss sie in einer riesigen Kühltruhe transportiert haben.

Der Detektiv ging wieder die Königstraße hinauf in Richtung Busbahnhof. Völlig betrunkene Männer standen vor der Änderungsschneiderei Amir und tranken trotzdem weiter Bier und Wodka. Auf einem riesigen Plakat im Reisebüro Holidayland schien die Sonne und zeigte einen unberührten Palmenstrand.

„Hier muss der Mörder reingefahren sein, um seine Fracht loszuwerden“, murmelte Maikötter, „dann war ihm hier zuviel los, und er hat zu Plan B gegriffen.“

Hauptkommissar Gökke stand plötzlich neben ihm.

„Was, Priester?“, rief er. „Ein idealer Platz, um Tote verschwinden zu lassen, oder?“

„Das glaube ich nicht“, sagte Maikötter.

„Was glauben Sie nicht?“, fragte Hauptkommissar Gökke und rieb sich seine roten Augen. „Ich denke, Sie sind Priester, da ist „Glauben“ doch dein zweiter Vorname.“

„Können Sie sich mal entscheiden, ob Sie mich siezen oder duzen wollen“, sagte Maikötter.

„Ich entscheide mich doch dauernd“, sagte Hauptkommissar Gökke. „Also, leck mich am Arsch, Sie Monster.“

Sie gingen an einem Spielsalon vorbei. Hauptkommissar Gökke gähnte.

„Hier will niemand was verschwinden lassen“, sagte Maikötter. „Hier will man, dass wir was finden.“

Hauptkommissar Gökke spuckte auf den Boden.

„Sagen Sie mir, was Sie wissen“, sagte er. „Wir haben sechs Tote gefunden, das ist kein Pappenstiel.“

„Sagen Sie mir lieber, was Sie wissen“, sagte Maikötter. „Ich habe einen Verdacht, besser gesagt, es ist eine Vermutung, aber mir fehlen noch Motiv und Beweise.“

„Wen haben sie beschattet?“, sagte Hauptkommissar Gökke. „Hat der Auftrag mit dem Mord zu tun?“

Sie waren wieder im hinteren Teil des Busbahnhofes angelangt. Sie gingen die Treppe hinunter und sahen Deckel, der sich ein Taschentuch vor Nase und Mund hielt. Sie gingen zu ihm. Hauptkommissar Gökke spuckte auf den Boden.

„Die toten Männer kommen aus Polen und aus Ungarn“, sagte er. „Man hat Papiere bei ihnen gefunden und Geld. Einen Raubüberfall kann man also ausschließen.“

Ein Gerichtsmediziner untersuchte die beiden Toten, die in einer grauen Wasserpfütze hockten. Die beiden Männer trugen elegante Anzüge, zu denen die blau-schwarzen Fußballschals nicht passen wollten. Die Toten sahen aus wie modelliert, so unnatürlich berührte ihre Bewegungslosigkeit.

„Waren sie eingefroren?“, fragte Maikötter.

Hauptkommissar Gökke wischte sich die Nase an seinem Ärmel ab und nickte.

„Ich muss Ihnen das nicht erzählen“, sagte Maikötter, „aber ich möchte mit offenen Karten spielen. Ich beschatte einen gewissen Peter Block.“

Hauptkommissar Gökke pfiff durch die Zähne.

„Sie meinen den Verkehrstechniker, den Herrn der 215 Signalanlagen?“, flüsterte er.

„Nein“, sagte Deckel stolz. „Das ist Heinrich Block. Wir beschatten den Bestatter Block aus Neuhaus.“

Hauptkommissar Gökke lachte.

„Peter Block? Ihr beschattet diesen verrückten Hund?“, sagte er.

Maikötter und Deckel schauten sich an.

„Woher kennen Sie Peter Block?“, fragte Maikötter.

„Block ist die Witznummer des Reviers“, kicherte Hauptkommissar Gökke. „Er muss sich ziemlich dicke Nummern erlaubt haben.“

„Was für dicke Nummern?“, fragte Deckel und zog seine Nase hoch.

Hauptkommissar Gökke schaute auf ein Blatt Papier, welches ihm ein Polizist in die Hand gedrückt hatte. „Ich habe es aber nur gehört. Es liegen da keine Anzeigen vor, oder so was. Nicht, dass da falsche Gerüchte in Umlauf kommen.“

Maikötter schnaufte.

„Nun sagen Sie schon, was Sie wissen", flüsterte er zischend. „Sie platzen doch schon vor Schadenfreude."

Die beiden Sanitäter kamen mit der Bahre vorbei. Sie schwenkten sie hin und her und summten dazu ein Lied. Sie legten die Bahre mit den beiden toten Männern ab und überlegten, wie sie sie transportieren sollen. Beide Männer waren noch so gefroren, dass man sie nicht in eine liegende Haltung bringen konnte. Der Deckel der Bahre passte nicht über die Leichen. Einer der Sanitäter lief dann zum Krankenwagen und kam mit einer Decke wieder, die über die Toten gedeckt wurde. Maikötter, Deckel und der Hauptkommissar schauten sich den Abtransport der Leichen an, ohne ein Wort zu verlieren. Als der Krankenwagen mit den beiden Opfern losfuhr, kam gerade für einen Augenblick die Sonne heraus und begleitete den Regen wie ein entfernter Verwandter.

„Er liebt Sex an ungewöhnlichen Orten", sagte Hauptkommissar Gökke schließlich.

„Er liebt Sex an ungewöhnlichen Orten?", plapperte Deckel nach.

Hauptkommissar Gökke faltete den Zettel zusammen und steckte ihn in seine Anzuginnentasche. „Block treibt es gerne überall und lässt sich dabei zuschauen", sagte er. „Die Kollegen von der Sitte haben anonyme Anrufe bekommen, die behaupteten, ihn und seine Tussi in eindeutiger Absicht gesehen zu haben."

Maikötter schluckte.

„Seine Tussi?", sagte er. „Sprachen sie gerade von seiner Frau?"

„Natürlich“, kicherte Hauptkommissar Gökke. „Sie muss ein ganz heißer Feger sein. Sie kommt aus Bielefeld.“

Maikötter löste sich von der Gruppe und ging auf das Schaufenster von Klingenthal zu. Er schaute auf eine brave Familie, die in Strandbekleidung einen normalen Ferientag genoss. So sollte die Welt sein, dachte er. Sie sollte so eingerichtet sein, wie ein Schaufenster von Klingenthal. Aufrechte Männer und Frauen, die sich anständig kleiden und einen freundlich anlächeln. Menschen, die im Dienste der Gemeinschaft alt werden und Verantwortung tragen. Deckel kam herüber gelaufen.

„Was ist los, Onkel?“, fragte er. Er hatte seinen Onkel noch nie so aufgelöst gesehen. Er sah aus, als zweifelte er an Gott und der Welt.

„Sie haben uns benutzt“, sagte er. „Die beiden Teufel haben uns benutzt.“

„Mich ja weniger“, sagte Deckel, bereute aber sofort seinen eitlen Einwand.

Maikötter drehte sich vom Schaufenster weg und flüsterte: „So, sie haben mich hereingelegt. Sie brauchten einen Beobachter ihres langweilig gewordenen Liebeslebens und haben sich für mich entschieden. O.K., ich werde zuschauen.“

„Sei nicht so verbittert, Onkel“, flüsterte Deckel. „Das passt nicht zu einem Priester.“

„Ich bin kein Priester“, sagte Maikötter und schaute auf den Boden. „Ich bin nur ein schlechter Detektiv.“

„Bist du nicht“, sagte Deckel.

„Bin ich doch“, sagte Maikötter.

„Bist du nicht“, sagte Deckel.

„Bin ich doch“, sagte Maikötter.

„Bist du nicht“, sagte Deckel.

„O.K.“, sagte Maikötter, „bin ich nicht. Ich weiß jetzt wenigstens, wer die sechs Toten auf dem Gewissen hat.“

Sie mussten zur Seite treten, weil ein dunkelbrauner UPS-Wagen vor der Klingenthalanlieferung halten wollte.

„Wer ist das Monster?“, fragte Deckel.

Maikötter ging zu Hauptkommissar Gökke, der sich gerade wieder eine Zigarette angezündet hatte.

„Ich sage es dir als Erstem“, flüsterte Maikötter.

Hauptkommissar Gökke stieg in ein Polizeiauto ein. Er drehte die Scheibe herunter, als Maikötter vor ihm stand.

„Also“, sagte Hauptkommissar Gökke. „Was ist nun? Können Sie mir helfen, oder soll ich dich zum Teufel schicken?“

Maikötter überlegte.

„Ich weiß“, sagte er, „Sie könnten mich fertigmachen. Ich schulde Ihnen was. Sie sind ein grober und feister Kerl, aber ich verzeihe Ihnen. Ich werde Ihnen helfen. Ich werde Ihnen heute Abend den Mörder präsentieren. Ich habe nur eine Frage, gibt es außer den blau-schwarzen Schals noch eine Gemeinsamkeit in dem Fall?“

Hauptkommissar Gökke gab seinem Fahrer ein Zeichen, den Motor anzulassen. Er fror und zog seine

Nase hoch. „Wehe Sie spielen falsch, Maikötter, dann wird mein Hass Sie zermalmen", flüsterte er. „Die Toten passen nicht zusammen. Es gibt keine Parallelen zwischen Ihnen. Wir stehen ganz am Anfang."

Maikötter pfiff durch die Zähne und sagte „so", als hätte er sich diese Antwort schon gedacht.

„Lassen Sie noch mal ihren Mageninhalt untersuchen und rufen Sie mich an", sagte er. „Ich glaube, wir haben was übersehen."

Hauptkommissar Gökke nickte und fuhr los.

Maikötter und Deckel gingen durch die Westernstraße, vorbei an der Buchhandlung Linnemann, vorbei an H&M, vorbei an dem Nordseefischgeschäft und vorbei an Tchibo. Sie sahen das Rathaus, wo die letzten Kuchenprotestierer ihren Tapeziertisch einklappten, um nach Hause zu gehen. Ewald Benson, der Autoverkäufer mit dem Zopf saß vor den Stufen des Rathauses und aß einen Streuselkuchen. Sein genießender Gesichtsausdruck war überzeugender als alle seine flammenden Reden.

„Ist er das Monster?", fragte Deckel.

„Sei nicht so ungeduldig", sagte Maikötter. „Wir fahren noch mal zum Fitnessstudio. Es kann sein, dass wir dort mehr erfahren."

Auf dem Weg zu ihrem Mercedes kamen sie am Parkautomaten vorbei. Deckel suchte mit seinem Finger in der Geldrückgabe und holte ein 2-Euro-Stück heraus.

„Schau mal Onkel", sagte Deckel. „Was ich hier gefunden habe."

Maikötter staunte.

„Das hast du in der Geldrückgabe gefunden?“, fragte er ungläubig.

„Nein“, sagte Deckel grinsend, „diesmal wollte ich dich nur auf den Arm nehmen.“

Maikötter wollte erst böse werden, dann lachte er und schlug seinem Neffen kopfschüttelnd auf die Schulter.

10. Kapitel

Sie fuhren am Eiscafé Venezia vorbei, bogen am Westphalenhof rechts ab, kamen an der Akkademie vorbei und fuhren von der Giersstraße auf die Driburger Straße. Dort überquerten sie die Gleise, an der Bäckerei Ostermann vorbei, ließen bald darauf die Trattoria Nuvolari rechts liegen und bogen nach dem Autohaus Kasselmann in die Schulze-Deulitsch-Straße ein.

„Heute kommen wir ganz offiziell", sagte Maikötter. „Lass uns den Parkplatz hinter dem Fitnessstudio nutzen."

„Darf ich dich mal was fragen, Onkel?", fragte Deckel.

„Nur zu!", sagte Maikötter. „Du bist in der Ausbildung. Frag also."

Sie stiegen aus dem Auto und schauten zum Himmel. Es regnete so leicht, dass ein Ostwestfale dies niemals als Regen bezeichnen würde. Dies war eine Erfrischung. Deckel schloss das Auto und fragte: „Warum hasst dich Gökke?"

Maikötter schloss die Augen. Er dachte nach. Er kannte Hauptkommissar Gökke so lange, dass er nicht mehr wusste, wie dessen Vorgänger bei der Mordkommission ausgesehen hatte. Und schon immer hatte ihn der Hauptkommissar gehasst. Er war einmal sogar von ihm angespuckt worden, was aber nicht schlimm war, da es an dem Tag in Strömen geregnet hatte.

„Was soll ich sagen", sagte Maikötter. „Es ist nicht angenehm, von einem Mann gehasst zu werden. Es ist ja nicht nur, dass er einen hasst, er hat ja auch das Bedürfnis es einem deutlich zu zeigen."

Sie gingen zum Haupteingang des Fitnessstudios. Maikötter erzählte weiter: „Natürlich fragt man sich, was man getan hat, um einen Menschen so gegen sich zu haben. Seien wir ehrlich Neffe, man findet immer Gründe, warum man hassenswert ist und eine Schande darstellt für seine Zeitgenossen. Ist erst einmal der Keim des Zweifels gesät, treibt er die tollsten Blüten."

Deckel nickte. Sie standen vor der Scheibe des westfälischen Bistros und winkten Leo Lenking zu, der hinter seiner Bistrotheke stand und einen Cocktail mixte.

„Man findet natürlich viele Charaktereigenschaften", sagte Maikötter, „die einen so hassenswert machen. Die innere Stimme hetzt: Recht hat der Mann, der einen hasst. Er wird schon wissen, was er tut. Man ist es nicht wert, geliebt zu werden. Man ist es nicht wert, neben dem Mann zu sein, der einen hasst."

Deckel hörte aufmerksam zu. Er dachte nur, dass sensible Menschen immer soviel reden müssen, wenn man mal kurz etwas von ihnen wissen will. Maikötter wandte sich ab und schob seinen Priesterkragen unter sein graues Oberhemd. Er sah nun aus wie ein Priester und gleich wirkte sein Gesagtes noch gewichtiger.

„So eine Selbstgefälligkeit strahlt auch Gökke aus", sprach Maikötter weiter. „Er zeichnet sich scheinbar als besseren Menschen aus, weil er das hasst, was hassenswert ist. Sein Hass ist eine Ablehnung des Bösen und des Schlechten, das in einem steckt."

„Onkel“, sagte Deckel, „ich merke gerade, dass meine Ungeduld von mir Besitz ergreift. Ich bin überrascht, wie sehr dich das Thema mitnimmt.“

„Ich will nur“, sagte Maikötter kurz, „dass du etwas lernst.“

„Ich würde nur gerne, während ich dir zuhöre noch etwas tun, was meine Konzentration fördert“, sagte Deckel, der nicht wollte, dass sein Onkel beleidigt war.

„Du meinst einen Hund streicheln?“, sagte Maikötter. „Das verstehe ich. Wir könnten zum Beispiel aber auch einen Kaffee trinken.“

Deckel nickte. Sie gingen in das Bistro und suchten sich einen Platz in der Ecke. Das Bistro war fast leer. Lenking stand vor einer Schiefertafel und schrieb gerade die aktuellen Mittagsgerichte auf. Eine blonde Frau saß vorn an der Theke und trank einen Cocktail. Sie war so schön, dass man dauernd zu ihr hinschauen musste.

Maikötter flüsterte: „Um auf deine Frage zurückzukommen. Es gibt nicht viele Verhaltensweisen, wie man einem Mann entgegenkommen soll, der einen hasst. Eines kann ich dir raten. Provoziere ihn nicht, indem du ihn zurückhasst. Gib ihm keinen Beweis für den Grund seines Hasses. Im Gegenteil. Wenn du den Mann siehst, der dich hasst, grüß ihn freundlich, damit der Mann, der einen hasst, nicht sagen kann, man wäre unfreundlich. Natürlich spürt der Mann, der einen hasst, das Verlogene und das Verzweifelte dieses Grüßens. Es ist aber besser, dass der Mann, der einen hasst, einen deswegen hasst, dass man ihn freundlich grüßt, dann weiß man wenigstens, dass der Grund gehasst zu werden nichtig ist und schnell im Alltagstrott untergehen wird."

Deckel nickte. Er wunderte sich, dass Priester, auch falsche Priester aus allem immer eine Lehre für alle machen wollen. Aber er nickte. Er war in der Ausbildung und wollte ein guter Schüler sein. Maikötter winkte Lenking zu sich und schloss seine Rede mit den Worten ab: „Es ist nicht schön gehasst zu werden, aber man hat auch etwas falsch gemacht, wenn einen alle nur lieben. Die Welt ist kein Zuckerschlecken. Alle haben Dreck am Stecken. Man sollte deshalb immer zu anderen gut sein, um schon im Vorhinein zu büßen, dass man mal von jemand anderem gehasst wird."

Deckel wurde unruhig. Er konnte es nicht ertragen, wenn sein Onkel redete, und man ahnte, er wird noch stundenlang so weiter reden können, obwohl alle längst begriffen hatten, was er sagen wollte. Er wusste auch, dass sein Onkel das Thema nicht nur einmal abschließen würde. Er kannte viele Menschen, die nach einem guten Schluss noch mal das Thema aufgriffen, weil sie von sich selbst so stark fasziniert waren, dass sie sich nur ganz langsam von dem Erzählten lösen konnten und aus Angst vor dieser Entdeckung in zwei Teile zerrissen wurden wie Rumpelstilzchen.

„Es ist auch nicht so, dass der, der einen hasst, ein schlechter Mensch sein muss", setzte Maikötter noch mal an. „Hauptkommissar Gökke, zum Beispiel, ist ein rücksichtsvoller Familienvater und irgendwo ein aufrechter Kerl. Ich sage mir immer, es ist besser, dass er mich hasst, als von irgendeinem anderen gehasst zu werden. Von einem Mann gehasst zu werden, der klug und liebenswert ist, gibt auch Kraft. Es ist auch schön zu wissen, dass man einen solchen Menschen kennt, der einem so viel Aufmerksamkeit schenkt."

Lenking trocknete sich die Hände ab und kam mit zwei Speisekarten zu ihrem Tisch. Er stand vor ihnen und hörte den letzten Sätzen von Maikötter zu: „Wirklich rechtschaffene Menschen gehen manchmal zu dem Mann, der einen hasst und umarmen ihn. ‚Lassen Sie sich nicht unterkriegen', sagen sie dann zu ihm. ‚Sie sind auf dem rechten Weg'. Dann gehen sie wieder fort und pflegen ihr unschuldiges Herz."

„Was darf es sein, Hochwürden?", fragte Lenking und drückte ihnen die Speisekarten in die Hände. „Vielleicht wollen Sie erst mal etwas trinken."

„Bringen Sie mir einen Kaffee", sagte Maikötter, der seinen Neffen fragend anschaute und hinzufügte, als dieser nickte: „Und meinem Neffen auch."

„Wir wollen nichts essen", sagte Deckel und Lenking sammelte seine Speisekarten wieder ein und ging in die Ecke, wo der Kaffeeautomat stand.

Der Liboritusch erklang. Maikötter holte sein Handy aus der Tasche.

„Maikötter, Ermittlungen aller Art", sagte er.

„Hier ist Hauptkommissar Gökke", sagte der Hauptkommissar am Ende der anderen Leitung.

„Gökke, Gökke", stammelte Maikötter. „Wer ist noch mal Gökke?"

Hauptkommissar Gökke schnaufte.

„Lassen Sie den Quatsch, sie Priesterimitat", kreischte Hauptkommissar Gökke, „sonst lege ich gleich wieder auf."

Maikötter hielt das Handy weit von sich, verzog das Gesicht und hielt das Handy wieder an sein Ohr.

„Haben Sie etwas herausgefunden?", fragte er.

Hauptkommissar Gökke räusperte sich.

„Sie hatten recht, Sie Klugscheißer", sagte er. „Wir haben in dem Fall endlich eine Gemeinsamkeit gefunden. Pumpernickel. Wir haben den Mageninhalt aller sechs Opfer untersucht und bei allen Pumpernickel im Magen gefunden."

„Pumpernickel", hauchte Maikötter.

„Die Opfer wurden betäubt, bevor sie erwürgt wurden", sagte Hauptkommissar Gökke. „Pumpernickel muss vom Geschmack her so durchdringend sein, dass keines der Opfer das Betäubungsmittel geschmeckt hat. Wir haben bei allen sechs Personen Rückstände des gleichen Betäubungsmittels gefunden."

„Was ist mit Pumpernickel?", fragte Deckel.

Maikötter schaute seinen Neffen an, als würde er ihn nicht erkennen.

„Jetzt sind Sie an der Reihe", sagte Hauptkommissar Gökke. „Ich erwarte Ihren Anruf."

Er legte auf. Maikötter steckte das Handy in die Tasche. Hauptkommissar Gökke hatte ihn während des Anrufes nur gesiezt. Endlich schien er vor ihm

Respekt zu bekommen. Lenking brachte den Kaffee.

„Was ist mit dem Pumpernickel?“, fragte Deckel noch mal.

„Der Teufel frisst kein Pumpernickel“, sagte Maikötter und hustete.

Lenking stellte den Kaffee auf ihrem Tisch ab.

„Ach, Herr Lenking“, sagte Maikötter. „Haben Sie nicht Lust, sich einen Augenblick zu uns zu setzen?“

Lenking schaute sich um. Er sah keine neuen Gäste. Er setzte sich gegenüber von Maikötter, wo er den Haupteingang und den Durchgang zum Fitnessstudio im Auge behalten konnte.

„Wollen Sie mit mir reden, Hochwürden?“, sagte Lenking. Er wirkte unsicher und faltete beide Hände über seinen Bauch.

„Ja“, sagte Maikötter, „denn es ist nichts verborgen, was nicht offenbar werden soll, und es ist nichts geheim, was nicht an den Tag kommen soll. Markus, 4, 22.“

Lenking fühlte sich unwohl in seiner Haut. Er hatte ein orangefarbenes T-Shirt an, aus dem nackt und kahl sein roter Hals herausschaute. Erst jetzt fiel Maikötter auf, wie behaart die Hände von Lenking waren. Lenking war überhaupt sehr behaart. Ab dem Hals war er behaart bis zu den Füßen. Lenking trug hellgrüne Schlappen, von denen er einen abgestreift hatte, als er den Fuß über das andere Knie schlug.

„Ich möchte mich mit Ihnen über Pumpernickel unterhalten“, sagte Maikötter. „Ich bin mir sicher, dass Sie zu dem Thema viel zu sagen haben.“

Lenking schaute auf den Boden.

„Pumpernickel schmeckt den meisten gut“, sagte Lenking. „In der westfälischen Küche nimmt das Pumpernickel einen großen Platz ein.“

Die drei Männer schauten sich an. Ein Mann mit einer blauen Sporttasche betrat das Bistro und suchte sich einen Platz.

„Ich muss mich um meine Kundschaft kümmern“, sagte Lenking und wollte aufstehen, doch Maikötter hielt ihn am Arm fest und zog ihn auf den Stuhl herunter.

„So, wie Sie sich um Susan Millwork und all die anderen gekümmert haben?“, fragte Maikötter.

Lenking schnaufte.

„Ich sage nichts vor dem Frischling hier“, sagte er und zeigte auf Deckel.

Deckel schaute sich um, bis ihm klar wurde, dass er mit dem Frischling gemeint war.

„Ich kann mich ja noch mal im Studio umschauen“, sagte Deckel beleidigt. „Vielleicht wollen mich ja noch mal Turnmatten unter sich begraben.“

Deckel stand auf und schlenderte betont langsam in den Fitnessbereich.

„Also, Herr Lenking“, flüsterte Maikötter. „Wir sind nun unter uns. Vielleicht wollen Sie Ihr Gewissen erleichtern.“

Lenking putzte sich die Nase und schlug wieder sein rechtes Bein über das linke.

„Ist das eine Beichte, Hochwürden?“, maulte er. „Wenn Sie wüssten, wie es in mir aussieht, dann würden Sie mich verstehen.“

„Ich verstehe Sie ja“, flüsterte Maikötter. „Wenn jemand Sie versteht, dann ich.“

Lenking putzte sich noch mal die Nase und zog sie danach kräftig hoch. Der Mann mit der Sporttasche saß immer noch allein am Tisch und blätterte im Wochenspiegel herum. Lenking sagte nichts, blieb aber auf seinem Platz sitzen und schaute Maikötter erwartungsvoll an.

„Ihr sollt das Heilige nicht den Hunden geben, und eure Perlen sollt ihr nicht vor die Säue werfen. Matthäus 7, 6“, sagte Maikötter. „Ich habe lange gebraucht, um euren genialen Plan zu begreifen.“

Lenking rubbelte sich mit Daumen und Zeigefinger die Nase.

„Jetzt lassen Sie doch mal Ihre Nase in Ruhe“, sagte Maikötter. „Das ist doch ekelig.“

Lenking zog noch einmal seine Nase hoch und starrte Maikötter an wie ein trotziges Kind.

„Ich war alles so leid“, flüsterte er plötzlich.

Maikötter musste sich zu ihm beugen, um alles verstehen zu können.

„Jede Partnerstadt haben wir mit einem eigenen Bistro gefeiert“, flüsterte Lenking. „Ich kenne Schumacher schon von Kindesbeinen an. Ich habe mit ihm 1967 ein französisches Bistro aufgemacht, und 1975 ein englisches Bistro. Immer begleitend zu seinen Fitnessstudios.“

„Warum gerade in den Jahren 1967 und 1975?“, fragte Maikötter vorsichtig, der den Redefluss des kleinen Bistrobetreibers nicht unterbrechen wollte. Lenking schaute Maikötter an, als käme dieser von einem anderen Stern.

„Weil in diesen Jahren Paderborn die Partnerschaften mit Le Mans und Bolton einging", sagte er. „1990 haben wir passend zur Partnerstadt Belleville überall in Schumachers Muckibuden amerikanische Bistros eröffnet. Können sie sich vorstellen, was es heißt, ein amerikanisches Bistro in einem Fitnessclub zu leiten? Es war die Hölle. Zwei Jahre später musste ich zum Glück alle Bistros der spanischen Partnerstadt Pamplona anpassen, und es lief gerade hervorragend, als Paderborn wieder eine neue Partnerschaft einging. Ein Jahr später wurden also alle spanischen Bistros in polnische Bistros verwandelt und wieder ein Jahr später habe ich ungarische Wurst in ungarischen Bistros verkauft und meine Läden hießen nach der Partnerstadt „Debrecen". Das war nicht schlecht. Endlich, dachte ich, endlich komme ich mal zur Ruhe. Ich musste nur warten können. Ein ungarisches Bistro wird auch mal allen langweilig werden. Und tatsächlich, nach acht Jahren erlaubte mir endlich Schumacher, westfälische Bistros zu betreiben."

„Ich verstehe", sagte Maikötter.

„Nichts verstehen Sie", sagte Lenking. „Bauen Sie mal dauernd um. Erschaffen Sie sich mal jährlich neu. Finden Sie mal geeignetes Fachpersonal, dass sich mit den Gepflogenheiten der verschiedenen Länder auskennt."

„Dann kam China", sagte Maikötter.

Lenking weinte fast. Er hielt den Kopf zwischen seinen Händen und erzählte unter Schluchzen: „Als die Stadt Paderborn im Jahre 2003 eine Kooperationsvereinbarung mit der chinesischen Stadt Qingdao abschloss, habe ich an nichts Böses gedacht. Eine Kooperationsvereinbarung ist eine Kooperationsvereinbarung, aber kein Partnerstadtfreibrief. Wir haben dann nur noch mal unser Konzept über den Haufen geschmissen. Wir haben gewartet, aber nichts sah so aus, als wenn Paderborn mit Qingdao mehr vorhatte als diese Kooperationsvereinbarung.

Ich wollte etwas Neues wagen, was unabhängig von der jeweiligen Partnerstadt laufen sollte. Ich wollte eine westfälische Bistrokette aufbauen und mit westfälischem Pumpernickel die Stadt erobern. Zum Glück ließ mir Schumacher freie Hand. So lange keine neue Partnerstadt über Paderborn hereinfällt, könnte ich machen, was ich wollte, hatte er mir versprochen. Im Oktober des Jahres 2006 begannen wir also in allen Fitnessclubs die ungarischen Folklorerequisiten herauszuschmeißen und bauten um. Dann kam im Februar die Pressemeldung heraus, dass in der nächsten Woche eine chinesische Delegation nach Paderborn kommen wird, um Gespräche zu führen. Sie wollten aus der Kooperationsvereinbarung eine Partnerstadtvereinbarung machen. Qingdao sollte die siebte Paderborner Partnerstadt werden. Da habe ich gedacht: Nicht mit mir. Ich mache diesen Wechsel nicht noch mal mit. Ich bin es leid. Ich bin es so was von leid. Ich musste etwas unternehmen."

Maikötter schloss die Augen.

„So", sagte er. „Ich verstehe. Das ist die andere Gemeinsamkeit. Deswegen kamen die Toten aus verschiedenen Ländern. Deswegen kamen sie der Reihe nach aus den Ländern, in denen Paderborn eine Partnerstadt hatte."

Lenking nickte.

„Natürlich", sagte er. „Das war mein Plan. Ich bin doch nicht verrückt. Die Toten kamen aus Frankreich, aus Großbritannien, aus den USA, aus Spanien, aus Polen und aus Ungarn."

Maikötter trank einen Schluck Kaffee und sagte: „Und weil der tote Engländer keine Papiere bei sich hatte, haben Sie ihn vor der Universität in das „B" gelegt, damit die Polizei auf seine Herkunft „Bolton" schließen konnte."

Lenking schlug mit der rechten Hand auf den Tisch.

„Leider hat sich die Polizei so dämlich angestellt, dass ich noch deutlicher meine Spuren ausrichten musste, um mit meinen Absichten erkannt zu werden", sagte er.

„Sie wollten, dass der Partnerstädtehass so deutlich wurde, dass die chinesische Delegation sofort wieder abreisen würde und sich die Partnerschaft mit den Ostwestfalen ein für alle Mal aus dem Kopf schlagen wird", fasste Maikötter zusammen.

„Kochen Sie mal dauernd Ente süß-sauer", schrie nun Lenking.

„Und die blau-schwarzen Schals vom SC Paderborn 07?", fragte Maikötter.

„Ablenkung“, stammelte Lenking. „Die Motive der Taten sollten erkannt werden, aber nicht zu schnell. Schaffen Sie es mal, sechs Tote in der Stadt so zu verteilen, dass sie in der Reihenfolge ihrer Nationalität gefunden werden und bedenken Sie, dass das alles vor dem Besuch der chinesischen Delegation passieren musste.“

Ablenkung, dachte Maikötter, sein Neffe hatte recht gehabt. Die SC-07-Schals sollten das Offensichtliche nur verschleiern.

„Sie haben sie dann eingefroren …“, sagte Maikötter.

„Wir hatten doch diesen herrlichen Kühlraum gebaut“, erklärte Lenking.

„Sie haben sie mit einem Betäubungsmittel, welches sie zusammen mit ihrem Pumpernickel gereicht haben, wehrlos gemacht“, sagte Maikötter „und sie dann erwürgt.“

Lenking nickte.

„Sagen Sie das Wort Pumpernickel nicht so geringschätzig“, sagte Lenking. „Pumpernickel ist eine Weltanschauung.“

„Ich weiß nicht“, sagte Maikötter, „ob das in diesem Fall von Interesse ist.“

„Ich gebe zu“, sagte Lenking, „dass ich auch Glück gehabt habe. Wenn ich nicht für den Empfang in der Kaiserpfalz das Buffet hätte ausrichten müssen, dann wäre ich doch gar nicht so nah an die Bartholomäuskapelle gekommen.“

Maikötter nickte.

„Und was war mit den beiden Toten auf dem Parkplatz hinter dem Busbahnhof?“, fragte er. „Da haben Sie doch Hilfe gehabt, oder?“

Lenking kicherte hysterisch, bis ihm Tränen aus den Augen liefen.

„Schumacher hat dort unten ein Fitnessstudio. In dem Parkplatzbereich haben wir eine Anlieferspur gehabt, die direkt zu dem ehemals ungarischen Bistro „Debrecen“ führte. Wir haben dorthin neue Kühlschränke transportiert und alle halfen tüchtig mit, die schweren Kühlschränke vor Ort zu tragen. Der Rest war eine Kleinigkeit.“

Deckel kam aus dem Fitnessraum und erfasste mit einem Blick die Lage. Er sah Maikötter und Lenking an.

„Alles in Ordnung?“, fragte er.

Maikötter trank den letzten Schluck aus seinem Kaffee und stand auf.

„Hier ist alles in Ordnung, oder Herr Lenking?“, sagte er.

Lenking schaute auf den Boden, wo sein rechter hellgrüner Schlappen lag.

„Was soll ich denn nun machen?“, fragte er.

„Das müssen Sie mit ihrem Gewissen absprechen. Sie haben schwere Schuld auf sich geladen.“, sagte Maikötter. „Das ist mein Gebot, dass ihr euch untereinander liebt, wie ich euch liebe. Johannes 15, 12.“

Lenking bedeckte sein Gesicht mit seinen Händen. Er schluchzte. Maikötter legte die Visitenkarte von Hauptkommissar Gökke auf den Tisch.

„Rufen Sie dort an", sagte er. „Sagen Sie ihm, dass ein Priester sie überzeugt hätte sich zu stellen, dann werden Sie eine anständige Behandlung erfahren."

Lenking schaute hoch und nahm die Karte an sich.

„Danke", stammelte er. „Vielen Dank, aber sagen Sie nichts gegen das Pumpernickel."

Maikötter stand auf und legte das Geld für den Kaffee auf den Tisch. Er ging nach draußen und atmete tief ein und aus. Er summte das Stück „Sunrise" von seiner Toto-Blanke-CD. Es regnete immer noch leicht. Deckel kam aus dem Bistro gelaufen.

„Lass mich da doch nicht einfach so stehen", sagte er.

„Du hast recht", sagte Maikötter. „Ich hatte für einen Moment vergessen, dass ich nicht mehr allein bin."

„Ich habe Block und seine Freundin, oder soll ich sagen seine Frau, im Fitnessraum gesehen", sagte Deckel.

„Na prima", sagte Maikötter, „dann lass uns unseren Auftrag zu Ende bringen."

„Du meinst Onkel", sagte Deckel, „ich soll von ihnen ein paar Fotos in eindeutiger Pose machen?

Maikötter nickte.

„Obwohl ich weiß, dass sie ein Paar sind?", fragte Deckel.

Maikötter lachte und nahm seinen Neffen in den Arm. „Es ist nicht unser Job, die Welt zu verändern", sagte er. „Wir haben einen Auftrag und den werden wir erfüllen."

dann gehen wir zu Giovanni und essen eine
er?“, fragte Deckel.

dann gehen wir zu Giovanni und essen eine Pizza“, sagte Maikötter und gab seinem Neffen eine Kopfnuss.

Anmerkungen:

Alle Ereignisse sind ausgedacht. Manche Geschehen sind kombiniert mit Fakten, aber auch mit Vermutungen. Fast alle im Roman auftauchenden Personen existieren nicht in der realen Welt. Sie sind erfunden und hilflos meinen Handlungssträngen ausgeliefert. Manche prominente Bürger der Stadt werden mit ihrem echten Namen erwähnt. Dies soll nur ein Zeichen meiner Hochachtung sein und ein Beweis für deren Bekanntheit und deren Einfluss. Das Auftauchen öffentlicher Persönlichkeiten soll nicht darüber hinwegtäuschen, dass ich dieses Auftauchen so benutze, wie es der Geschichte nützt. Ich hoffe, diese Persönlichkeiten verzeihen mir alle dichterischen Freiheiten. Dieses Buch soll eine Zeit dokumentieren, um so später mal als Nachschlagewerk dienen zu können. Ansonsten erhebt dieses Buch keinen Anspruch auf die Wirklichkeit.

Manche Gedanken wurden schon mal als Monologe in den „Heftigkeiten“, meiner monatlichen Kolumne im Stadtmagazin „Heft“, aufgegriffen. Das Stilmittel der geflüsterten Zitate habe ich schon mal in dem Buch „Padermann, der Superheld“ und in meiner Erzählung „Die Magie der Namen“ eingesetzt. Es wird wohl wieder vorkommen.

Die Beschreibung des Hotelzimmers ist fast nur meiner Phantasie entsprungen. Ich drehte im Jahre 2007 einen Film: „Liebe auf Umwegen“ mit Linda de Mol, wo ich einen Düsseldorfer Hoteldirektor spielte. Ich sah dort ein Hotelzimmer, welches ich in meinem Buch als Paderborner Hotelzimmer beschrieb. Ich bitte dafür um Verständnis.

Die CD von Toto Blanke „Meditation- Kirchenmusik“ erschien 1994 bei Aliso Records.

Ich danke Günther Butkus (meinem mutigen Verleger), Andreas Main (für seine Streuselkuchenunterstützung), Katja Gesecus (weil sie immer da ist, wenn man sie braucht), Andreas (für seine polizeilichen Kenntnisse), Ludger, Birke, Helene und Uta für ihre Überarbeitungen.

Unsere Bücher im Internet:
www.pendragon.de

2. Auflage 2007

Originalausgabe
Veröffentlicht im Pendragon Verlag
Günther Butkus, Bielefeld 2007

Lektorat: Günther Butkus, Birke Vöhringer
und Lena Born
Umschlag: Baltus Mediendesign Bielefeld
Foto Umschlag: Uta Zeißler (www.muito.de)
Foto Grosche: Sigrid Urban
Satz: Uta Zeißler auf Macintosh
Gesetzt aus der Adobe Garamond
978-3-86532-076-6
Printed in Germany

HAROLD UND MAUDE
von Colin Higgins

Neu übersetzt und mit einem Nachwort von Marcel Keller
164 Seiten, Hardcover mit Schutzumschlag, Euro 14,80
ISBN 978-3-86532-074-2

Harold ist jung, verwöhnt und todtraurig. Maude ist alt, arm und voller Lebensfreude. Harold inszeniert Selbstmordversuche. Maude setzt verrückte Ideen in die Tat um. Auf einer Beerdigung lernen sich die beiden kennen. Dass sie Außenseiter sind, verbindet sie. Dass sie einen tiefschwarzen Sinn für Humor haben, macht sie zu Freunden. Eine zarte Liebesgeschichte entwickelt sich – mit phantastischen Abenteuern und einem ungewöhnlichen Ausgang.

Die bitter-süße Kultkomödie, mit Ruth Gordon und Bud Cort von Hal Ashby verfilmt, wurde ein Welterfolg. Jetzt ist der Roman „Harold und Maude“ wieder lieferbar – endlich in authentischer Übersetzung.

Schließlich wurde uns das Leben gegeben, um es zu entdecken.